바다를 엿보다

바다를 엿보다

海を覗く

이라 세쓰나 장편소설

황요찬 옮김

모요사

차례

1

　바다를 바라본 인간이 죽음을 몽상하듯, 하야미 케이치는 호조 쓰카사를 보며 미美를 떠올렸다. 두 사람이 가까워진 것은 고등학교 2학년 봄이었다. 개학식 후 옆자리에 앉은 소년의 섬세한 옆얼굴을 하야미는 지금도 또렷이 기억하고 있다. 수려한 이마에서 곧게 뻗어 이어진 오똑한 콧날. 조심스레 눌린 듯한 입술의 윤기 어린 붉은빛이 새하얀 피부 위에 선명히 떠올랐다. 그 옆얼굴은 하야미가 아는 세계에서 가장 인간과 멀리 떨어진 아름다움이자 가장 단순한 아름다움이었다. 인간이라기보다 인간의 형태를 한 조각상 같았다. 그 단순한 아름다움은 하야미에게 그림을 바라볼 때와 같은 황홀함을 안겨주었다. 하지만 미술부원인 그는 예술을 이해하는 사람이었기에, 그 아름다움에 섣불리 개입하는 것이 얼마나 어리석은 일인지도 잘 알고 있었다. 그것은 마치 넓고 웅대한 바다가 단 한 방울의 피로, 그 푸르름이 더럽혀지는 것 같은, 실의에 가까운 감각이었다. 미는 자기 자신이든 외부의 대상이든 단 하나의 요소라도 개입하는 순간, 단숨에 무너지고, 두 번 다시 미로서 나타나지 않는다고 하야미는 믿고 있었다. 설령 그 요소가 아무리 고귀한 미덕이든 천박한 악덕이든 영원의 미에 한 번이라도 발을 들여놓는 순간, 그것은 모두 잡다한 불순물로 전락하고, 결국 흠결로밖에 남지 않을 것이다. 투명하고 고요하며, 어떤 구속도 허락하지 않는 독립된 아름다움. 자기주장도 타인의 주장도 아랑곳하지 않는 무관심의 미덕. 바로 그런, 본인조차 자각하지 못한 채 사람을 매료시키는 호조의 본질을, 하야미는 첫 만남에서 그의 눈빛과 외형만으로 정확히 꿰뚫어보았다. 그 아름다움이 무너지는 것을 허락하고 싶지 않았기에, 처음에는 그저 바라보기만 했을 뿐 별다른 교류도 없었다.

물론 그 정도의 미모가 교내에서 주목받지 않을 리 없었고, 하야미 역시 입학 초기부터 호조의 존재를 인지하고 있었다. 그러나 정작 호조 본인은, 타인의 시선이나 뒤엉킨 감정에 신경 쓰기는커녕 그런 열의 자체에 전혀 관심이 없었다. 그리고 그것을 부끄러워하지도 않았다. 호조는 그런 인간적인 감정의 결여로 인해, 사람들에게 사랑을 받든 미움을 받든 태연자약한 모습을 조금도 흐트러뜨리지 않았다. 그 무관심이 오히려 그의 투명한 윤곽을 더욱 선명하게 혹은 더욱 모호하게 만들었다. 호조의 관심은 감정에도, 그 감정을 품은 인간 자체에도 없었다. 열의나 도취와는 완전히 동떨어진 곳에 호조는 존재했다. 창백한 피부와 차갑고 피로를 띤 눈빛은, 호조의 관념이 육체에까지 영향을 미친 결과라고밖에 달리 설명할 길이 없었다. 그는 마치 바다 같은 남자였다. 아무리 온몸을 바쳐도 그 깊이에 도달하는 것은 끝내 허락되지 않고, 신비롭고 무한한 바닷물이 흐름과 정적 속에 늘 뒤섞이는 것처럼 일관성이 없다는 사실만이 유일한 일관성이었다. 그리고 그 깊고 푸른 바다에 단 한 방울의 피조차 떨어지는 것을 허락하지 않는다.

자신의 고요한 내면을 무의식적으로 이해한 채 견고한 우리 속에 살면서도 부자유 따위는 전혀 느끼지 않는 태도를 유지했다.

그렇지만 호조는 결코 감정이 결여된 인간은 아니었다. 모든 것에 무관심하고, 심지어 그 무관심에조차 구속되지 않는 인간이었기에, 하야미가 그에게서 느끼는 예술성 같은 것은 정작 그 자신에게는 존재하는지조차 의심스러운 것이었다. 지친 눈빛 그대로 웃어 보이거나 창백한 피부를 햇빛 아래 드러낸 채 체육 수업을 받을 때도 있었다. 그 미묘한 모순이 호조의 권태로움을 더욱 정교하게 만들었고, 바로 그런 일면 때문에 호조가 먼저 옆자리의 하야미에게 말을 건 것은 지극히 자연스러운 흐름이라 할 수 있었다.

"하야미는 바다 좋아해?"

하야미는 말주변이 없는 남자가 아니었지만, 그 질문에는 당황해서 잠시 말문이 막혔다. 그는 예술가로서의 자부심은 있었지만, 자신이 천재가 아니라는 사실만큼은 분명히 알고 있었다. 표현은 다소 평범함에서 벗어나 있었지만, 감성은 어디까지나 평균적이었다. 그렇기에 하야미에게 처음 만나는 사람과의 대화란 늘 무난하기만 해서 말의 낭비에 불과했으며, 대화라고 부르기조차 민망할 만큼 변변치 못했다. 그러나 그와는 대조적으로 호조의 질문은 마치 사람의 성적 취향이라도 캐묻는 것 같았다. 하야미에게 바다는 모든 생명의 근간이자 모든 관능의 근원이었다. 그 취향에 대한 답변은 인간이 사회에서 살아가는 한 절대로 넘어서는 안 되는 안전선이 어디에 그어져 있는지를 밝히는 것과 다름없었다.

"조, 좋아하는데, 그건 왜?"

"그래? 나도."

왜라는 질문에 바로 답하지 않는 모습에서, 호조의 천진난만한 자기중심성이 언뜻 보였다.

하지만 바로 호조는 말을 이었다.

"미술부실에 걸려 있던 바다 그림. 하야미 케이치란 이름과 같이 기억하고 있었거든. 어두운 바다의 아름다움과 추함이 사실적으로 그려진, 좋은 그림이더라."

1학년 때 이미 서로의 이름을 알고 있었다는 사실을 알게 되자 하야미는 은근히 기뻤다. 그리고 동시에 감탄했다. 그 바다 그림은 대단한 작품도 아니었고, 특별한 계기가 있었다거나 깊은 감흥을 느껴서 그린 것도 아니었다. 확실히 하야미와 바다 사이의 거리감을 암시하는 그림이긴 했지만, 본질적으로는 구성과 데생을 위한 사생寫生에 불과했다. 눈에 보이는 그대로의 바다, 그저 평범한 자연이었다. 하야미는 본 것을 정밀하게 그려내는 데에는 뛰어났지만, 그의 예리한 인식은 항상 외부 세계를 향해 있었고, 내성적인 듯하면서도 자신의 감성을 깊이 자각하지 못하는 가면 같은 본성 탓에, 아무리 아름다운 그림이라도 그 속에 담긴 발상보다 정교한 사생 기술이 더 주목받을 수밖에 없었다. 하지만 호조는 바다라는 자연의 지나치게 투명한 추상성과 관능 속에서 사실적인 아름다움과 추함을 보았다. 그것은 행동의 세계에서 살아가는 자만이 가질 수 있는 시각이었다. 행동을 경멸하는 우아한 본능을 지닌 채 살아가면서도, 호조는 행동을 통해 드러나는 사물의 윤곽조차 분명히 지각하고 있었다. 호조의 표현은 평범해 보이지만, 그 이면에 감상의 재능이 숨겨져 있다는 사실을 깨닫고 하야미는 전율했다. 아무런 생각 없이 바라보는 행위야말로 감상의 가장 유치한 첫걸음이며, 바로 그 유치함 때문에 오히려 가장 본질적이었다. 감상에 의한 왜곡을 두려워하지 않고, 그저 바라보기만 하는 어린아이 같은 천진한 시선은,

작가에게도 다른 감상자들에게도 아첨하지 않는다. 감상에서는 본질을 볼 권리는 있어도 의무 따위는 없다. 자신이 본 것과 느낀 것이 전부이며, 예술은, 의도도 의미도 결국 감상하는 이에게 맡겨지는 것이 당연하다. 그렇기에 자기 인식과 그 인식을 통해 형성된 세계를 위협하는 제삼자의 인식 사이의 관계야말로 예술 감상의 가장 깊은 의미인 것이다. 그 사실을 하야미는 깊이 이해하고 있었고, 바로 그것이 호조와의 공통점이기도 했다. 언제나 자신을 규정하는 것은 타인이라고 생각했고, 자유의 소유권조차 자신이 아니라 타인의 손에 있다고 여겼다. 다만 한 가지 차이점은, 하야미는 그것을 기꺼이 감내해야 할 타협이라고 생각했고, 호조는 그것조차 전혀 의식하지 못했다는 사실이다.

"고마워. 호조 군이 알아주니 기분 좋은데?"

"군은 빼. 그냥 호조라고 불러."

"그럼 호조, 너도 바다를 좋아해?"

"응. 그런데 뭐랄까, 바다 말고 다른 자연에는 별로 끌리지 않거든."

바다 말고 다른 자연에는 끌리지 않는다는 그 말에 하야미는 묘하게 납득이 갔다. 호조는 능동을 싫어했던 것이다. 능동은 곧 의지이며, 의지는 관심이다. 무관심하고 투명하며 고요한 호조가 자신의 본질을 유지하려면 수동의 세계에서 살아갈 수밖에 없기에, 문학이나 음악은 물론 자연이라는 억지로 밀려드는 아름다움에 이끌리지 않는 것이다. 하지만 바다는 달랐다. 그 관능에 온몸을 담근다 해도 바다의 전체를 완전히 알 수는 없기 때문이다. 동적이면서도 정적이라는 점에서는 그림 역시 바다와 일치했다. 호조에겐 관능이라는 미덕이 분명히 있었고, 그것이 일종의 공감이라는 사실을 하야미는 깨달았다. 하지만 호조는 자신에게조차 무관심했기에, 자신의 상념이 어디에서 스며나오는지 알지 못했고 알려고도 하지 않았다. 감상에 뛰어난 호조보다 한 발 앞선 분석을 해냈다는 사실에 하야미는 다시금 우쭐해져 웃음이 새어 나왔다.

"그래. 바다는 특별한가 보구나."

"응. 그래서 하야미의 그림을 더 보고 싶어."

"그렇다고 바다 그림만 그리는 건 아니야."

"하하하, 그래? 그래도 궁금하긴 해. 하야미라면 아마 바다 말고 다른 걸 그려도 바다의 암울함을 담을 수 있을 것 같아. 뭐 간단히 말하자면, 팬이 된 거지, 네 그림의."

하야미는 거기까지 듣고 다소 의아한 표정으로 호조를 바라보았다. 아름다움에 개입하면 그 아름다움이 훼손될 지도 모른다는 두려움이 늘 전제로 깔려 있던 하야미에게, 만약 그 아름다움이 스스로 먼저 그에게 다가온다면 그것은 두려움이 서서히 거리를 좁혀오는 것과 다를 바 없었다. 하지만 하야미는 이 짧은 시간 동안에, 그동안 대화도 나눈 적 없었고 이름과 소문으로만 알고 있던 몽상 속의 호조와 현실의 호조 사이에 아무런 차이가 없다고 느꼈다. 아무리 호조가 내게 다가온다 해도, 아무리 친해진다 해도 그의 무관심이라는 본질이 훼손되지는 않을 것이다. 나의 동경, 내가 영원히 바라보고 싶어 하는 그 아름다움이 훼손되는 일은 없을 것이다. 평행선은 결코 만날 수 없지만, 평행을 유지하기 위해 서로의 시선은 끊임없이 뒤얽히는 법이다.

그 순간 하야미에게 악마적인 발상이 떠올랐다. 이 호조 쓰카사란 남자의 아름다움의 근원, 사람을 꿰뚫어보고 있는 것인지, 아니면 애초에 사람이라는 형상 자체를 마음속에 그리지 않는 것인지조차 분간할 수 없는 그 괴이한 눈빛은, 과연 어디까지 나에게 잠식되고 말 것인가, 하는.

하야미는 예술가이기에 인식의 세계에서 살아가는 데 익숙해 있었다. 그래서 금지와 침범이 만들어내는 에로티시즘, 더러움에 스스로를 파멸시킬지도 모르는 위험한 미적 영역에 매혹되면서도, 마치 안전선 안쪽에서 질주하는 열차의 잔상을 바라보듯, 한 걸음 직전에 멈춰 서 있는 순간을 극도의 행복으로 여겼다. 하지만 만약 그 한 걸음을 내딛는다면……? 이 남자가 가진 영원의 미를 정말로 영원한 것으로 만들 수 있는 사람은 나밖에 없는 게 아닐까. 그렇게 생각하자, 그의 입은 오로지 생각을 미끄러지듯 흘러나오게 하는 역할만을 충실히 수행하기 시작했다.

"팬이라면, 부탁 하나만 들어줄 수 있을까?"

"뭔데?"

"지금까지는 추상성을 유지하면서도 사실적인 자연 풍경만 그려왔으니까 이번에는 사람을 그려볼까 해. 전부터 호조, 네 얼굴이 예쁘다고 생각했거든. 그래서 한번 그려보고 싶었어. 아직 말을 튼 지도 얼마 안 됐는데 이런 부탁하긴 좀 그렇지만, 괜찮다면 모델이 되어줬으면 해."

지금 자신이 하는 짓은 호조의 아름다움을 파멸시킬지도 모를 행위였다. 하지만 이 호조를 그리는 일 외에는, 더 이상 예술에 가치를 느낄 수 없을 만큼, 애타게 갈망하게 되어버렸다.

"아아, 그래."

올라간 입꼬리 사이로 새하얀 이가 살짝 보였다. 하야미는 호조의 대답보다도, 눈처럼 하얗고 고르게 늘어선 이 하나하나가, 커튼 너머로 스며든 햇살과 실내등의 불빛을 받아, 투명한 침에 젖어 은은히 빛나는 모습에 매료되었다.

이 순간 이미 하야미는 사랑에 빠져 있었다. 하야미는 온갖 문학 작품과 시집, 예술을 통해 사랑을 알고 있었다. 하지만 뛰어난 감상가가 아니었던 하야미는 모든 것을 그저 보편적인 이론으로 일반화하는 데 그쳤고, 문학에서 발견한 감정이나 법칙을 실제로 체감한 적은 없었다. 사랑은 이런 것이라고 이해할 수는 있었지만, 자기 안에서 그 고통이나 격정을 불러일으킨 적은 없었다. 모든 감정은 이미 예견된 것이며, 자신이 느끼는 도취와 열정조차 그에 맞춰 모방된 뻔한 결말에 불과하다고 하야미는 생각해왔다. 자신의 감정 폭을 스스로 좁히는 반예술적인 행위를 무의식적으로 행하는 하야미에게 호조의 나른한 시선이 얽힌 것은 일종의 필연이었다. 마음 깊은 곳에서 예술과 자연을 부드럽게 경멸하는 기질을 지닌 호조의 몽상과 뿌리가 같았다. 두 사람은 모든 면에서 닮았지만, 같은 뿌리를 품고 피어난 꽃과 잎이 전혀 다르듯이 분명한 차이가 존재했다. 그 공감과 위화감이 뒤섞여 만들어낸 감정을 하야미가 사랑이라고 자각하는 것은 아직 먼 훗날의 일이다.

하야미가 오기 전에 이미 미술부실 문은 열려 있었다. 칠판 앞에 줄지어 놓인 책상들이 졸린 듯 나른한 석양빛에 나뭇결을 고스란히 드러내고 있었다. 나무 냄새, 물감 냄새, 수돗물 냄새, 석양 냄새. 이 미술부실에 고루 퍼져 있는 수많은 냄새들을 낱낱이 음미하며 하야미는 그 하나하나에 빠져들었다.

"오늘은 좀 늦었네."

"학생위원회 다녀오느라 늦었어요. 신학기잖아요."

"힘들겠군, 1, 2학년들은."

책상 몇 개를 대충 치운 공간에 화판을 고정한 목제 이젤을 세워두고, 연필화를 그리며 무심히 중얼거린 남자는 미술부 부장 야타니 하지메였다. 미술부는 3학년 야타니, 2학년 하야미와 야마나카 하루미, 이렇게 세 명으로 구성돼 있었다. 지도교사가 있긴 하지만, 하야미는 그의 모습을 거의 본 적이 없었다. 미술 수업은 비정규 외부 강사가 맡고 있었고, 지도교사는 미술 자체에 흥미가 없었다. 부원 수가 적기도 하지만 무엇보다 미술에 관해서는 거침없이 내뱉는 야타니의 언행 때문에 오지 않는 것이라고 하야미는 짐작하고 있었다.

"야마나카는요?"

"뭐, 곧 오겠지. 와도 조용히 풍경화만 그리다 가겠지만."

침묵이 실내를 메우고, 하야미는 냄새를 더욱 깊이 들이마셨다. 마음에 평온을 안겨주는 이 냄새들을 하야미는 사랑했다. 침묵 덕분에 멀리서도 선명히 들려오는 운동부의 함성조차 이 냄새들이 모두 지워버리는 것 같았다. 자신의 자리로 이동해 야타니 뒤쪽 근처에 앉았다. 문득 야타니의 손놀림을 엿보았다.

“달력, 그리는 건가요?”

“응.”

짧은 대답 속에는 차가움이 배어 있었다. 미^{美}와 마주하며 몰두하고 있는 야타니의 모습은 지독할 만큼 냉철했다. 무언가에 열중하거나 도취한 인간이 뿜어내는 귀기 서린 긴장감이라기보다 온화하고 아름다운 얇은 공기 막 같은 것을 걸친 듯했고, 결코 손댈 수 없을 것처럼 느껴졌다. 그 눈동자의 움직임, 그 손의 움직임, 곧게 뻗은 등줄기부터 앉아 있는 자세까지, 세상에 만연한 온갖 추악함을 경멸하면서도 동시에 용서하는 듯한 기운을 품고 있었다. 하지만 하야미는 아랑곳하지 않고 말을 걸었다. 그것은 둘 사이의 신뢰로 가능해진 대화였고, 미술을 통해 서로의 마음 깊은 뿌리와 뿌리가 얽혀드는 느낌을 공유하고 나서야 비로소 싹튼 존중과 의존의 관계였다. 하야미는 야타니를 예술가로서 존경하고 있었는데, 그것은 그의 철학적 사유방식에 자신의 철학마저 맡기고 싶어질 정도의 의존성도 내포하고 있었다. 실제로 야타니도 하야미에게 비슷한 우정을 느끼고 있었다. 그렇기에 그림에 열중하고 있을 때도 대화를 허락했고, 하야미와 나누는 대화를 마치 자문자답처럼 작품 제작을 뒤에서 밀어주는 힘이라고도 생각했다.

"의외네요. 부장은 추상화를 좋아하는 줄 알았거든요."

"좋아하는 것과 그리는 건 별개야. 게다가 달력 같은 건 애초에 추상적인 환상일 뿐이잖아. 날짜라든가 시간이라든가, 그런 건 결국 인간의 감각을 임시로 가시화한 것에 불과해."

하야미는 문득 호조를 떠올렸다. 그의 무관심은 관념이 육체에까지 작용한 결과라고 생각해왔지만, 어쩌면 육체는 육체대로, 관념은 관념대로 각각 무관심을 지니고 있으며, 그 둘을 억지로 하나로 묶은 것은 결국 자신의 자의식일지도 모른다는 생각이 불현듯 하야미의 뇌리를 스쳤다. 이 지점에서도 이미 하야미의 사랑은 예감됐지만, 그는 내성적이면서도 정작 자신의 본질적인 감정이나 자아에는 둔감했고, 그 깨달음조차 그저 단순한 발견일 뿐이라며 대수롭지 않게 넘겼다.

"과연 부장다운 생각이군요."

이렇게 중얼거리며 하야미의 시선은 벽에 걸린 달력으로 향했다. 달력의 특이성만 골라 관찰하려는 하야미는 시시해 보이는 달력의 숫자 배열에서도 추상성을 찾아내고,

그것을 연필로 재현하며 어떤 세계의 재구성을 도모하는 야타니의 모습에서, 예술가의 재능이 넘쳐흐르는 것을 느꼈다.

"그런데 평범해서 따분해. 기분 전환하는 셈치고 해봤는데 데생 연습도 안 되네."

혼잣말처럼 중얼거리던 야타니는 연필을 내려놓고 창가로 걸어갔다. 가만히 서서, 그의 시선은 창 너머로 펼쳐진 풍경을 천천히 훑어갔다. 불안한 기운을 띤 하늘의 붉은 노을빛을 구름이 두세 갈래로 흩어놓고 있었지만, 그 색채의 섬세함은 4월의 운동장에 골고루 퍼져 무겁게 짓누르고 있었다. 육상부의 "파이팅" 구호와 축구부 경기 중에 난무하는 욕설이 그 섬세한 분위기에 금을 내고 있었다. 그 균열은 역설적으로 아름다움을 의식하게 만드는 것이 아니라 상처로서의 의미밖에 갖지 못했다.

"사람이 사람을 죽여야겠다고 마음먹는 순간은, 어떤 때라고 생각해?"

야타니의 이런 엉뚱한 질문에 하야미는 익숙해져 있었다. 그래서 일단 "원망이라든가 증오라든가⋯⋯"라고 적당히 대답해봤다. 그러자 곧바로 "아니"라는 답변이 돌아왔다. 하야미는 이 정도의 문답은 예상하고 있었다.

"인간의 본질은 가질 수 없는 것을 갈구하는 거야."

의아한 표정을 짓는 하야미를 돌아보지도 않은 채 야타니는 말을 이었다.

"지지대를 타고 건강하게 자란 식물도 언젠가는 지지대를 벗어나 잎사귀를 풀숲에 무분별하고 퇴폐적으로 뻗어가고 싶어 하지. 윤리나 도덕은 인간의 건전함에 대한 반발심을 키우고, 그 결과 사람들은 자기 안에 없는 불건전함, 고뇌, 절망, 피의 비극을 갈망하며, 전쟁 영화와 범죄 소설에 탐닉해. 연약함을 지나치게 기피한 나머지 조악함을 동경하고, 선을 완수하기 위해 악을 마다하지 않아. 결국 사람이 사람을 사랑한다면, 때로는 사랑을 사랑이라 부르기 위해 사람을 죽일 수도 있다는 거지. 누군가를 사랑할 수 있는 인간은 동시에 누군가를 죽일 수도 있는 인간이야. 지금 손 안에 쥔 소중한 것을 지키기 위해 자기에게 없는 것을 갈망하지. 그렇기에 인간은 불행을 바라는 거고. 사랑 때문에 잔혹해질 수 있다면, 잔혹하기 때문에 사랑도 가능해진다고나 할까. 논리가 전도되지. 불행을 배우고, 절규를 배우고, 후회를 배워야 비로소 마음이 온화해져. 사람이 사람을 죽이겠다고 결심하는 순간은, 살인이나 방화 뉴스처럼 살벌함과 잔혹함을 접했을 때도, 참을 수 없는 굴욕이나 치욕에 분개할 때도 아니야. 오히려 한낮의 커피 타임이나 화창한 날 공원 벤치에 앉아 미지근한 바람을 맞다가, 문득 시선을 돌린 그곳에서, 하품하는 길고양이를 바라보는 바로 그 순간이야."

야타니의 이런, 사상이라고 부를 수도 없는 황당무계한 사상은 아마도 그가 좋아하는 문학이나 음악에서 비롯된 과장된 표현일 뿐이겠지만, 하야미는 그의 말을 가볍게 웃어넘길 수 없었다. 저무는 하늘에 이끌려 흘러가는 구름처럼, 그의 옆모습만으로는 제대로 된 표정을 읽을 수 없었기에, 하야미는 야타니의 등을 바라보았다. 열일곱 살, 청년과 소년, 성숙과 미성숙의 경계에 걸쳐 있는 그 등. 자신에게는 결코 날개가 돋지 않는다는 것을 깨달은 등. 미대 입시를 앞두고 현실과 불가능 사이에 펼쳐진 막막한 강은 날이 갈수록 그 폭을 넓혀 가고, 이제는 더 이상 헤엄쳐 건널 수 없다는 것을 깨닫고도, 아무런 근심도 보이지 않는 등. 불가능을 분명히 인식하면서도 그 어떤 몸부림도 발버둥도 치지 않으며, 그저 자신만의 방식으로 살아가는 그 초

연함을 하야미는 경외심과 애정을 담아 바라보았다.

"사랑도 결국 없는 것을 탐하는 욕망에 지나지 않아. 아무리 서로 다가서고 곁에 머무르려 해도, 아무리 서로를 어루만지고 상처를 핥아주려 해도 사람은 타인의 고통과 상처의 진정한 고뇌를 알 수 없거든. 자신이 한 번도 겪어본 적 없는 고통을 저절로 느낄 수는 없어. 그래서 자해를 추구하는 거야. 남을 물어뜯은 바로 그 자리와 똑같은 곳에, 자신의 피부에도 이빨 자국을 남기고 싶어 하는 거지. 그게 공감과 감동의 정체야."

"흥미로운 발견이군요."

하야미가 야타니에게 품는 감정은 연민이 아니었다. 존경과 의존, 그것이 두 사람 관계의 전부였다. 관계를 맺으면서도 긴장이나 대립이 생기지 않는 것은 극히 드문 일이었다. 그래서 더욱, 야타니의 지나치게 과장된 생각에 내심 혼란스러울지라도, 설령 가슴이 울리는 순간이 있을지라도, 하야미는 담담하게 대답했다. 그것이 가장 순수한 존경이었고, 그에게 의존하기 위해서라면 자기주장은 방해만 될 뿐이었다. 그 증거로, 야타니의 현실과 자신의 현실이 끝내 맞닿지 않더라도 하야미는 그 사실을 기꺼이 받아들였다. 어쩌면 그런 태도가 야타니의 호감을 사게 된 이유인지도 몰랐다.

하야미는 예술가이면서 자신이 '미美 자체'가 되고 싶다는 욕망을 마음속 깊이 침전물처럼 품고 있었다. 그가 자기주장을 귀찮아하고 호조의 무관심에 강하게 끌리는 이유도 '미의 탐구자'이기 이전에 '미의 구현자'로 존재하고 싶기 때문이었다. 예술과 예술가 사이의 뚜렷한 경계를 인정하지 않고, 그 둘을 혼동하는 환상에 사로잡혀, 자신도 자각하고 있는 어리석음에 스스로 빠져들었다. 그 때문인지 자신에 대해 말하기보다 자신을 둘러싼 외부 세계의 미나 누군가 창조한 미에 대해 말할 때 훨씬 유창했고, 그런 주제가 화제에 오르면 어김없이 말수가 많아졌다. 자신과 외부 사물들 사이의 관계성을 말하는 것이 곧 자신의 마음을 드러내는 것과 다르지 않다는 것을 모른 채.

"하지만 예외는 있을 거예요."

"예외?"

야타니는 그제야 돌아보았다.

"네, 있어요. 없는 것을 탐하지 않는 인간. 연약함도 조악함도 똑같이 사랑하지 않으며, 그 눈길 하나로 너무도 쉽게 사람을 살리기도 하고 죽일 수도 있는, 무관심으로 빛나는 수정 같은 인간이."

야타니는 하야미의 자리로 다가와, 교복 위로도 선명히 드러나는 가느다란 허벅지와 엉덩이를 책상에 올려놓더니, 넘치는 호기심을 숨기지 않은 채 "자세히 말해봐"라며 웃어 보였다.

하야미는 몇 시간 전의 일을 이야기하기 시작했다. 호조라는 남자에게 서린 차가운 공기, 그와 나눈 대화, 그가 자신의 그림을 인정해준 일, 그리고 그의 초상화를 그리게 된 일까지. 기억 속의 호조는, 고작 몇 시간의 간극이 생겼을 뿐인데도, 실제로 마주했던 순간의 호조보다 더 아름답게 느껴졌다. 그의 몸짓, 살짝 보이는 치아와 입술의 색감 대비는, 분명히 그와 대화를 나누었던 순간보다 지금 기억 속에 남겨진 이미지로 재현될 때 훨씬 더 선명하고 강렬했다. 그 탓에 하야미의 말투는 열기를 띠고 있었지만, 정작 본인은 그 사실을 알아차릴 여유도 없었다.

하야미의 이야기가 끝나자 야타니는 자리에서 일어나 낡아빠진 나무의자에 앉아 있는 하야미를 내려다보았다. 그 순간 야타니는 하야미조차 자각하지 못하는 그의 내면을 꿰뚫어보았다. 사랑에 빠져 있는 그 내밀한 심연을. 야타니는 그의 내면에 공감하지는 않았다. 야타니에게도 교제하는 상대는 있었지만, 그것은 필요도 호기심도, 심지어 사랑 때문도 아니었다. 그는 사랑 없이 여자친구를 만들었고, 그 나름대로 사랑하고 있었다. 기묘한 이야기지만, 야타니는 그 사실을 전혀 이상하게 생각하지 않았다. 하야미 역시 그 사실을 알고 있었다. 애초에 필요 없는 것이라면, 있든 없든 상관없이 굳이 탐할 필요가 없다는 사실을. 그리고 하야미의 평범함마저 존중하는 야타니는 보기보다 둔감한 그를 비웃지도 않았고, 그의 마음을 구원하기 위해 미美에 대해 이야기했다. 그것이 두 사람이 나눌 수 있는 유일한 대화였기 때문이다.

"상당히 미적 감각이 뛰어난 남자로군. 살아가는 일과 도취되는 일을 명확히 구분할 수 있다니 말이야. 우리는 평소 주관과 객관, 주체와 객체를 구분하려 들지만, 그 호조라는 남자는 그것들이 서로 영향을 주고받는 관계라는 것을, 인식과 대상은 결코 분리할 수 없다는 현상학적인 사실을 이성이 아닌 감성으로 직관하고 있군. 그러니 존경도 경멸도 없이 살아갈 수 있는 거지. 그게 정당한지 유익한지는 별개로, 정말 보기 드문 청년이군. 소중히 대하는 게 좋을 거야."

"네, 조만간 미술부실로 부를 테니까 부장에게도 소개할게요."

"아니, 그러지 마."

"왜요?"

야타니는 잠시 숨을 고르고 나서 "너는 예술가란 무엇이라고 생각해?"라고 물었다.

다소 무례한 반문에 하야미는 잠깐 눈살을 찌푸렸으나, 그것이 대화의 흐름을 깨트리지 않으려는 의도임을 곧 알아차리고 "인식하는 자입니다"라고 간결하게 대답했다. 그리고 야타니와 자신 사이에 떠도는 먼지가 석양에 비치는 모습을 무심히 바라보며 말을 이었다.

"예술가는 미를 창조해야 하죠. 하지만 지금 이 세계를 지배하는 미의식은 마치 내가 태어나기도 전에 이미 일반화되어버린, 공명정대라는 대의를 앞세운 민중의 획일화된 규범처럼 느껴져서 견딜 수가 없어요. 예술가가 아닌 사람들은 아름다운 것을 아름답다고 느껴요. 역설적으로 말하자면 그들은 오직 아름다운 것만 아름답다고 생각하죠.

그 누구도 바퀴벌레의 윤기 나는 더듬이가 방 안에 늘어진 전등 끈처럼 이리저리 흔들리는 모습에 미를 느끼지는 않아요. 검붉은 광택이 나는 등에서 제멋대로 뻗어나간 날개에 자아를 맡긴 채 벽에서 벽으로 날아다니는 상상 따위는 하지 않겠죠.

꽃과 새, 곡선을 그리는 달빛, 그리고 그 짙고 옅은 명암을 살려내는 바람. 만약 아름다움이 그런 것들에만 약속된다면, 결국 미는 그저 표면적인 것에 불과해서 너무 쉽게 빛을 잃고 말 거예요. 저는 그런 상투적인 미 따위는 인정하고 싶지 않아요. 미는 더욱더 사람을 매혹해야 하고, 나와 타인의 감정을 엉망으로 망쳐놓으며 인생 전체를 내던지고 싶을 정도의 폭력성과 그 잔재로 남는 고요함까지 함께하지 않으면 안 된다고 생각합니다.

그렇다면 미를 창조한다는 건 뭘까요? 그건 곧 인식입니다. 바퀴벌레에 숨어 있는 아름다움. 달력이 내포한 추상성. 바다가 품은 관능. 먼지에 깃든 태양의 불꽃. 그런 것들을 꿰뚫어보고 세상에 드러내는 힘이야말로 인식의 힘이죠. 하지만 숨겨진 아름다움을 인식해 세상 위로 떠오르게 한 순간, 그것은 곧 세상의 공기에 노출되고, 들춰진 미는 이내 썩어버립니다. 그렇기에 끊임없이 창조하고, 인식하기를 멈추지 않는 것, 그것이야말로 예술가의 일인 거죠. 좀 전에 부장이 말한 '없는 것을 갈구하는 마음'도 마찬가지입니다. 육상부나 축구부의 응원은 언뜻 잔혹함과는 동떨어져 보이지만, 실상은 우리의 육체 깊은 곳에서 잔혹성이 잠잠히 웅크리고 있을 뿐이죠. 평화롭게 살아가는 우리, 그저 세상의 공기를 들이마시며 언젠가 썩어갈 날만을 기다리는 우리에게, 사고하는 이성이나 감정이 존재하는 이상, 이 잔혹함은 불치병과 같아서 결코 사라지지 않죠. 인간이 품은 파멸적 욕망, 그 악의야말로 가장 탐미적인 마력일 테니까요.

그러니까 자기 자신이든 바깥세상이든 추함과 마주했을 때, 사람이 해야 할 일은 의심하는 거예요. 아름다움이 정말로 존재하지 않는 것이 아니라 어쩌면 내가 아직 그 아름다움을 발견하지 못했을 뿐이지 않을까, 라고. 그 아름다움과 나 자신이 어떤 알 수 없는 요인으로 인해 단절되어 있는 것은 아닐까, 라고 말이죠. 의심하는 것, 그것이야말로 인식의 첫걸음입니다. 요컨대 아름다운 것을 아름답다고 여기거나 표현하는 일 자체는 그리 어렵지 않아요. 정말로 어려운 일은 눈을 돌리고 싶을 정도의 추악함, 인간이라는 존재의 비열하고 어리석으며 둔감한 본성과 마주하면서도 아름다움을 창조해내는 것이죠. 자신이 창조한 아름다움과 자신의 무게가 같아지고, 그 둘이 동등한 가치를 지니게 될 때 그제야 인간은 '아름다움'을 진정으로 이해할 수 있을 겁니다. 인식하고, 창조하고, 마침내 그 모든 것에 동화되어 자기 자신마저 예술이 되는 것, 저는 그것이 예술가의 본질적인 숙원이자 궁극의 완성이라고 생각해요.”

“응. 나도 예술가 본연의 존재 방식으로서는 전적으로 공감해. 지금 세상에는 뛰어난 생산자와 예술가조차 분간 못하는, 무지몽매한 바보들이 많거든.”

야타니가 진심으로 그렇게 말하고 있다는 것을 일 년 가까운 교류를 통해 하야미는 분명히 감지했다.

“하지만 미에 대해서는 생각이 달라. 미의 영역에서는 인식보다 오히려 행동의 세계가 더 우월하거든. 예술가와 예술은 달라. 아름다움을 창조하는 사람이 스스로 아름다울 필요는 없어. 그래, 너의 사고방식은 아름다움을 필요로 하고 있어. 하지만 아름다움이란 필요에서 생기는 게 아니야. 거기엔 어떤 재료도 없어. 아름다움은 어느새 창조되기도 하고, 어느새 붕괴되기도 하지. 저절로, 자연스레 발생하는 거야. 밀실 살인처럼 아무도 모르게 방치된 시신도 시간이 지나면 시체 썩는 냄새와 구더기로 가득 차듯이, 아무도 눈치채지 못해도 존재하지 않는 것이 오히려 부자연스럽다는 듯이 그 자리에 존재하는 거지. 매혹이 아니라 그저 존재하는 거야. 그게 바로 '미'야. 너에게 호조의 미는 발견이 아니라 단지 관찰에 불과해."

"물론 그런 미도 있죠. 하지만 어느 쪽이 더 우월하냐고 묻는다면, 그저 향유하는 미가 아니라 자신의 인식을 통해 온 힘을 쏟아부어 탄생한 미를 더 값지다고 믿고 싶어 하는 게 예술가의 본능이 아닐까요?"

"사람 냄새가 나서 좋아, 그런 부분."

그 말에 하야미는 살짝 얼굴을 찡그렸다. 야타니는 집요하게 본질을 파고드는 성향 탓에 종종 의도치 않게 무례를 저지르곤 했다.

오랜 시간 대화하다 보니, 이미 석양은 완전히 저물어 있었다. 어두워진 교실 안에서는 더 이상 운동부의 함성 소리도 들리지 않았고, 교문을 잠글 시간을 알리는 방송만이 정적을 가르며 울려 퍼졌다. 야타니는 이젤과 연필을 정리하면서 다시 입을 열었다.

"인식을 통해 추악함 속에서 미를 보는 것. 그 순간의 인식이 무엇과 닮아 있다고 생각해?"

"……글쎄요. 짐작도 안 가네요."

"인식은 죽이는 것과 닮아 있어. 개를 두 동강 내면, 그것은 더 이상 개가 아니지. 한때 개라고 불렸던 두 개의 고깃덩어리일 뿐이야. 인식이란 결국 그런 거야. 이를테면 꽃이 피었다 해도 그 꽃은 언젠가 시들겠지. 하지만 꽃을 죽여버리면 그 '언젠가'는 영원히 오지 않아. 그 꽃은 평생 너의 기억 속에서 그 꽃잎을 간직한 채 은은한 향기를 풍기며 계속 나비를 유혹하겠지. 무언가를 영원하게 만드는 것, 그쪽이 더 실존적이고 가치 있다고 생각해. 사람도 마찬가지야. 나와 타인, 자연과 의지, 아름다움과 추악함. 그것들의 한없는 유한함 속에서 인간은 영원을 꿈꾸는 거야. 언젠가는 시들어버릴 꽃을 기억 속에 간직하려 하듯이.

무한히 이어지는 세계의 모든 현상들, 혼연일체가 되어 혼돈으로 뒤엉켜 있는 만물, 미추도 선악도, 뭐, 자연에도 선악이 있는지는 의문이지만, 어쨌든 온갖 개념을 내포한 현실 세계는, 인식을 통과하는 순간 인식하는 자의 틀에 고정되고 말지. 개도 인식하는 자의 재량에 따라 한낱 고깃덩어리로 전락하듯이 말이야. 모든 현상을 분절화하고 개념이라는 틀에 가두는 순간, 가능성도, 거리^{距離}도, 감정도 죽이는 것, 그게 바로 인식이야. 그렇게 인식하고, 죽이고, 파괴하는 것으로만 너는 미를 미답게 완성시킬 수 있다고 믿고 있겠지.

정말 맞는 말이야. 하지만 그건 예술가의 존재 방식일 뿐, 미의 존재 방식은 아니야. 예술가가 반드시 아름답다고도 할 수 없지만 말이야. 미도 추악함도 네가 그것을 발견하거나 창조하기 훨씬 이전부터 이미 이 세계에 편재하고 있었어. 굳이 일부러 찾을 필요도 없어. 발견도 창조도 그저 그곳에 존재할 뿐이야. 아름다움 앞에서는 경배만 있을 뿐, 창조는 없거든.

꽃은 결국 시들어. 네가 인식 속에서 그것을 죽인다면, 꽃은 영원히 그 꽃잎을 간직하게 되지. 영원이란 개념은 죽음의 특권이라고 생각하겠지. 살아서 이룬 것은 죽음을 통해 미화되기도 하니까. 하지만 사실, 꽃은 시든다. 너의 인식 밖, 현실 세계의 꽃은 계속해서 시들어갈 뿐이야. 그곳엔 영원이 없으니까. 새로이 발견해야 할 미지의 아름다움도 없으니까. 하지만 꽃이 시들면 씨앗이 되고, 씨앗은 싹을 틔우고, 또다시 꽃으로 피어나지. 영원이 존재하지 않는 네 인식의 바깥에 분명히 영원한 연속이 존재해. 영원을 인식의 특권이라고 착각해선 안 돼. 한없는 유한, 끝이 있는 영원, 그게 세계야. 혼연일체의 혼돈이야말로 미의 시작이자 종점이야. 하나의 원처럼 이 세계는 어디서 시작되는지도 모르게 시작되고, 어디서 끊어지는지도 모르게 끊어지지. 뜻대로 되지 않음, 불가능, 덧없음이야말로 세계이고, 세계 그 자체라고 할 수 있는 혼돈 속에서 현란하게 뒤엉키는 존재, 혹은 혼돈 그 자체의 존재가 바로 미야.

혼돈이라 불리는 세계에서 종언이든 영원이든, 한 측면만을 바라보는 것이 인식이고, 모든 것을 통합해 종언과 영원을 온전히 향유하는 것이 곧 '행동'이야. 추함 속에서 미를 창조하고 마치 원래의 추함을 존중했다고 착각하기 때문에 결국 진정한 추함을 보지 못하는 것이 인식이야. 반대로 추와 미를 하나의 세계로, 관념과 현실의 구분 없이 일체화할 수 있는 것이 행동이지. 죽음과 삶을 서로 비추어보고, 그 색채 대비에 감탄하는 것이 인식이라면, 살아 있으면서도 죽고, 죽으면서도 살아가는, 삶과 죽음의 마블링 무늬 자체가 행동이야. 네가 말하는 매혹에 의한 파멸, 말하자면 '파멸의 미학'이란, 삶 속에서 죽음을 몽상하는 것이 아니라 삶과 죽음이 함께 얽힌 공동의 생활 양식을 음미하는 거야.

행동이란 양가적인 가능성으로 가득 차 있어서 어느 쪽으로 귀결될지는 실제로 행동이 실현될 때까지 누구도 판단할 수 없지. 하지만 인식이란 결국 한쪽의 가치를 일방적으로 단정 짓는 것으로 끝나버리지. 이제 알겠지? 미의 영역에서는 인식보다 행동이 더 우월하다는 것을."

야타니의 말이 끝나자마자 미술부실 문이 요란한 소리와 함께 벌컥 열렸다. 문 앞에는 운동복 차림의 뚱뚱한 남자가 우두커니 서 있었다.

"이제 곧 문 닫을 시간이다. 얼른 집에 가라."

"죄송합니다. 바로 갈게요."

야타니는 애써 웃음 지으며 짐짓 명랑하게 대답했다. 하야미는 돌아갈 준비를 하면서 야타니에게 물었다.

"그런데 왜 호조와 만나고 싶지 않은 거죠?"

"예술가는 인식 속에 살아가니 자신만의 몽상을 소중히

간직해야 해. 생활의 필요 때문에 꾸며낸 몽상이 아니라 오로지 몽상 그 자체를 위한 몽상 말이야. 너한테 들은 이야기만으로 그려본 호조의 이미지는, 막상 실물의 아름다움과 마주하게 되는 순간 너무 쉽게 와해될지도 몰라. 인식과 행동, 그 대립 관계에서 우열이 분명해지는 건 피해야 하니까.”

모든 것을 어리석게 생각하면서도 그 어리석음을 마치 만화를 보듯 즐기던 야타니의 눈동자에 희미한 빛과 어둠이 스쳐갔다.

학교에서 가장 가까운 역까지 걸어가는 15분 남짓의 길은 별 의미 없는 생각을 하기에 알맞았다. 봄밤의 공기를 가르는 차량들의 헤드라이트가 일직선으로 관통하는 대로를 벗어난 그 길에서는 자동차의 주행음과 신호등의 음향이 멀리서 들려왔다. 그 고요함과, 가로등에서 가로등으로 점점이 흩어진 불빛이 하야미가 생각에 몰두하는 것을 도와주었다.

내가 생각하는 예술가의 정의를 인정하면서도 그것과 정면으로 대립하는 부장의 앰비밸런스^{ambivalence}라고 할 수 있는 미의 관념은 과연 진실일까. 이 세상에 말로 설명할 수 있는 아름다움이라는 것이 얼마나 남아 있을까. 만약 미도 추악도 이 세상에 이미 모두 나타나 있다면, 예술가라는 존재의 의미 따위가 남아 있기는 한 것일까.

예를 들면 저 가로등에 몰려드는 날벌레들. 저 불빛을 탁하게 하는 생명이 이미 아름답기도 하고 추하기도 하다면, 그것을 바라볼 때 느끼는 쾌감이나 불쾌감마저 날벌레가 거기에 존재하는 순간 이미 결정되어버린다. 거기에 상상이 개입할 여지는 없다. 아름다우니 아름답고, 추하니 추하다고, 그것을 바라보는 인간 마음의 부침조차 결국 날벌레의 존재에 의해 규정될 뿐이다. 미란 그런 식의 일방적인 의존이 아닌, '상호 의존'이어야 한다. 사물이 존재하지 않으면 아름다움도 성립하지 않지만, 동시에 예술가에게는 사물의 존재 의미 그 자체가 아름다움일 것이다. 그러니 상호 의존이야말로 미의 본질이다. 미의 생살여탈권은 언제나 그것을 짊어진 예술가의 손에 있어야 한다. 언제든 미를 무너뜨릴 수 있고, 언제든 미와 죽음을 함께할 수 있다. 그것이야말로 파멸의 미학이 아닐까. 부장은 확실히 천재다. 그의 철학은 나를 매료시켰고, 나도 그것을 받아들여왔다. 하지만 미의 문제는 별개다. 나는 지금껏 스스로 창작하며, 예술을 깊이 탐구해왔다. 예술에 기대어 살아온 이상, 예술적으로 죽는 일도 몽상했다. 나의 생과 죽음은 항상 미와 함께 있다. 그렇기에 미를 내어준다는 것은 곧 내 심장을 타인의 손에 쥐어주는 것과 다름없다. 아무리 존경하는 부장이라 해도 그것만큼은 절대로 허락해서는 안 된다. 그것을 허락하는 것은 지금까지 내가 지켜온 예술가로서의 자부심과 공명심에 대한 모독이다.

모독. 그 말을 곱씹었다. 문득 떠오른 호조의 얼굴이 왠지 뇌리에서 떠나지 않았다. 그래, 그 남자의 매력, 그 무관심, 그 미소에는 항상 모독이 숨겨져 있었던 것인가. 발견하고, 인식하고, 창조할 필요도 없는, 미지로 남아 있지 않은 미. 내가 유일하게 인정하는, 예술가의 손을 벗어나 이미 존재하는 궁극의 아름다움. 호조의 존재 자체가 내 예술에 대한 모독이었다. 그렇다면 왜 나는 그 모독을 혐오하면서도 모독 그 자체인 그에게 매혹당한 것일까? 왜 나는 그의 초상을 그리겠다고 마음먹은 것일까?

없는 것을 갈구하는 것. 몽상을 위한 몽상.

그래, 이제야 간신히 진의를 이해했다. 역시 부장은 천재다. 나는 파멸을 갈망해왔다. 재능, 노력, 철학, 자부심, 허영심. 예술가로서 새로운 경지에 도달하기 위해 나에게 부족한 것은 파멸뿐이었다. 파멸의 미학을 온몸으로 체험하는 순간, 비로소 미의 구현이 가능해지는 것이다. 만약 내가 그린 그의 초상화가 그의 아름다움보다 못하다면, 나는 예술가로서 파멸한 셈이 된다. 지금까지 믿어온 예술의 긍지도 순식간에 휴지 조각이 되고 만다. 완전한 미에 도전하고 파멸을 마다하지 않는다면, 언뜻 자가당착으로 보이는 부장의 생각에도 수긍할 수 있을 것이다.

그리고 나는 이 도전에서 아마 패배할 것이다. 왜냐하면 파멸이 예견되지 않는다는 것은 곧 나의 욕망이 결코 이루어질 수 없다는 뜻이기 때문이다. 하지만 패배를 자각하면서도 붓을 드는 행위는 미망도 만용도 고집도 아니다. 부장이 호조와 만나는 것을 피하는 이유도 다르지 않다. 없는 것을 갈망하는 것이 인간의 본질인 까닭은, 대부분의 사람들이 기존의 것을 꺼리고, 미지에 이끌리는 낭만을 품고 있으면서도, 결국 기존의 것이 영역을 넓힌 결과 자신이 꿈꾸던 미지마저 잠식해버리는 불합리에 무감각하기 때문이다. 학창 시절에는 자취 생활이나 대도시의 자유를 동경하지만, 막상 졸업해 동경하던 그 세계에 들어가면 이미 공허해지는 것과 같다. 퇴폐나 억압이 사람의 정신에 금을 내고, 마치 금으로 생긴 흐릿한 음영이 오히려 비취의 가치를 높이듯이, 그 금이 사람을 더욱 빛나게 한다면 퇴폐나 억압이야말로 사랑해야 한다. 서로 만나지 않는다는 것, 파멸한다는 것, 바로 그 사실이야말로 밀회의 꿈이나 존재의 관능적인 아름다움을 더 자극하는 법이다. 눈부신 대낮보다 해 질 녘의 어스름 속에서 오히려 눈을 부릅뜨게 되는 것처럼, 탐스러운 열매를 움켜쥐었을 때 전해지는 확실한 저항처럼, 불가능이라는 벽은 가능을 한층 더 선명하고 매혹적으로 만드는 정교한 장치다.

몸이 떨렸다. 봄의 끝자락에 남은 쌀쌀한 기운 탓만은 아니었다.

내가 호조를 끝까지 그려냈을 때, 과연 나는 어떤 생각을 하게 될까. 호조의 아름다움은 대체 어디에 존재하는 걸까. 어쩌면 달이 물 위에 그 형상만이 아니라 달무리까지도 함께 비춰내듯이, 서로 다른 아름다움의 병존이 가능해질지도 모른다. 만약 내 그림이 호조의 아름다움을 넘어설 수 있다면, 그때 내 인식은 한층 깊어지고, 나는 예술가로서 비약적으로 성장할 것이다. 만약 내가 예술가로서의 긍지를 무너뜨리게 된다면, 바다에 빠져 허우적거리다 죽어가는 심정으로 미에 대한 이해와 경애를 더욱 깊게 새기게 될 것이다. 파멸을 이겨내든 파멸에 삼켜지든, 어느 쪽으로 흘러가더라도 나는 예술가로서의 만족을 얻을 수 있을 것이다. 이 환희야말로 완전한 미에 대한 도전이다.

문득 하늘을 올려다보았다. 하야미에게는 무심코 하늘을 올려다보는 버릇이 있었다. 그제야 오늘이 보름달이라는 것을 깨달았다. 황금빛의 완벽한 원이 칠흑같이 어두운 밤하늘에 뚫어놓은 공동空洞에, 얼마나 많은 눈동자가 매혹되고 허무와 슬픔에 짓눌릴 뻔했을까 하는 생각에 약간의 흥미가 일었지만, 초승달이나 달이 뜨지 않는 밤이 훨씬 더 아름답다고 생각했기에 다시 앞을 보고 역을 향해 걸음을 옮겼다.

3

호조를 미술부실로 데려간 것은 약속을 잡고 2주일쯤 지났을 때였다. 하야미로서는 당장이라도 작업을 시작하고 싶었지만, 시간을 끌며 애를 태운 쪽은 호조였다. 그에게 딱히 그럴 의도가 있어 보이지는 않았지만, 어느 동아리에도 소속되지 않은 그가 어물쩍 하야미의 제안을 피하는 모습은, 다른 사람이 보면 우회적으로 상황을 회피하는 것처럼 보였을 것이다. 하야미도 그 이유가 마음에 걸리기는 했다. 그러나 호조의 태도, 더 정확히는 그의 담담한 기색이 하야미가 쓸데없이 캐묻는 걸 거부했다. 호조는 자신이 계속 거절해온 일에 아무런 깊은 의미도 두지 않았고, 그로 인해 하야미가 조금이라도 상처받았을 거라고는 상상조차 하지 못했다. 그저 내키지 않았을 뿐, 이유라고 해봐야 그 정도였다.

오늘 하야미의 뒤를 따라 미술부실로 향한 이유를 누군가 묻는다면, 딱 집어서 말할 만큼 심경의 변화도, 거듭 거절한 것에 대한 미안함도 아닌, 그냥 그런 기분이 들어서, 라고 호조는 답했을 것이다.

"오랜만이네, 여기."

미술부실의 공기를 느끼며 호조가 입을 열었다. 2학년 때는 미술 수업이 없었고 그사이 봄방학도 끼어 있어서, 호조는 미술부실을 그리워하고 있었다. 실내를 둘러보는 호조의 정밀한 눈동자 움직임과 또르르 빛을 머금었다 이내 비껴가는 동공을 하야미는 물끄러미 바라보았다. 얼굴이 맑고 단정한 것은 말할 것도 없지만, 눈동자 자체가 아름다운 사람은 어떤 연예인을 떠올려봐도 호조 말고는 없었다. 무언가를 보는 듯하면서도 실은 아무런 관심도 보여주지 않는 그 눈동자는 쉽게 사람을 빨아들여 시선을 떼지 못하게 했다. 길고 부드러운 인상을 주는 속눈썹을 두세 번 깜빡이고 난 뒤 호조는 하야미를 흘긋 바라보았다.

"이제 어떡하면 돼?"

"응, 거기 앉아."

적당한 의자와 책상 쪽을 가리키다가 하야미는 교실에 야마나카 하루미가 있다는 사실을 알아차렸다. 야타니 부장에게는 미리 연락했기에 그가 없을 거라는 사실은 알고 있었지만, 야마나카는 아예 안중에도 없었다. 하야미는 이 여자에게 딱히 좋은 인상을 갖고 있지 않았다. 사이가 나빠서라기보다 야마나카가 일방적으로 허물없이 굴었고, 하야미는 그걸 성가시게 느끼면서도 그냥 받아들이고 있었다. 야마나카의 얼굴은 소박하지만 어딘지 운치 있는 분위기가 감돌았다. 키도 크고 늘씬했는데, 풍만한 몸매와 등까지 흘러내리는 머리카락이 미묘한 조화를 이루고 있었다. 직설적으로 말하면, 미인이었다. 하지만 하야미가 마음에 들지 않았던 것은 그녀의 정신적인 부분이었다. 앳되면서도 단아한 얼굴과는 달리 그녀는 무엇에든 금세 흥미와 관심을 보이는 성격이었다. 하늘을 바라볼 때도 맑거나 비가 오거나, 아침이거나 저녁이거나 상관없이 그저

'하늘'이라는 이유로 사랑했다. 그렇게 특수성이 배제된 미의식을 하야미로서는 도저히 수긍할 수 없었다. 그녀의 거위 같은 천박한 웃음소리가 들릴 때면, 저러고도 미술을 즐기는 사람인가 싶어 자신도 모르게 부끄러움을 느꼈다. 그녀는 잘 웃었다. 혐오하며 눈살을 찌푸려야만 선명해지는 세계와 그녀는 전혀 무관하게 살았다. 그래서인지 그녀의 관심은 늘 현실의 순간순간에 머물렀고, 몽상보다는 눈앞의 사물을 사랑했다. 만약 지진이 나면 제일 먼저 '지진이야'라고 외치고, 정전이 되면 '짜증나, 정전이야'라고 중얼거릴 뿐인, 고작 그 정도의 감수성으로 안이하게 언어를 낭비하는 여자였다. 하야미는 야마나카를 계단을 오를 때 한 칸 건너뛰어 두 칸씩 올라가는 사람처럼 품위 없다고 생각했다.

호조는 의자에 앉아 "어떤 포즈가 좋겠어?" 하고 미소지으며 물었다. 호조의 별 뜻 없는 미소와 야마나카의 별 의미 없는 천박한 웃음 사이에는 예술성의 차원에서 분명한 차이가 있었다. 하야미는 호조의 미소가 번지는 순간, 강렬했던 새하얀 치열을 떠올리며 그의 섬세한 입술만 주시했다.

“일단, 그냥 앉아 있어.”

화구를 준비하고, 마침내 하야미는 염원하던 초상화 작업에 착수했다. 야마나카의 존재는 신경 쓰이지 않았다. 그녀는 시끄러울 때는 정말 시끄럽지만, 그녀 나름대로 미술을 대할 때는 평소와는 딴판으로 묘하게 예민해지는 탓에 잠잠해진다는 걸 하야미는 알고 있었다.

그림 기법은 유화로 정해두었다. 밑그림을 그리려고 목탄을 손에 쥔 채 구도를 고심하면서 호조의 자태를 다시 치밀하고 정교하게 관찰했다.

호조는 아름다운 자세로 앉아 있었다. 앉아 있는 모습조차 뛰어난 조각 작품처럼 오만할 정도의 위엄을 느끼게 했고, 동시에 소년 특유의 나른하고 무심한 분위기로 공간 전체를 압도했다. 실내화는 티 하나 없이 깨끗했고, 그 청결에 감싸인 하얀 양말과 곧게 뻗은 단단한 다리는, 그의 섬세한 얼굴과는 사뭇 다른 강인함을 느끼게 했다. 교복의 검은색 바탕 위로 매끄럽고 둥근 윤곽을 드러내는 허벅지에 내려놓은 손은, 병적일 정도로 새하얐고, 생명을 조각하려고 남겨놓은 듯한 아름다움을 피부 밑에 감추고 있었다. 부드러운 어깨와 우아한 곡선을 그리는 팔은, 섬세하고 매끈한 가슴과 탄탄하게 조여진 골격의 몸통으로 자연스럽게 이어졌다. 호조의 이목구비는, 운명에 시달리는 듯 애조 띤 아름다움으로 저도 모르게 숨을 삼키게 할 정도였다. 정교하게 그어진 길고 가는 눈썹, 그늘진 눈매, 우아한 콧날, 투명하게 빛나는 입술, 여윈 뺨, 균형 잡힌 귀 그리고 조형미의 극치라 할 얼굴 윤곽은, 무심하게 여유를 부리듯 꼿꼿이 솟은 목젖과 당당한 목으로 받쳐져 있었다. 단정하면서도 강인한 기상이 깃들어 있는 그의 얼굴은, 그 미묘한 늠름함으로 인해 도취를 넘어서 관능적인 인상마저 불러일으켰다.

말 그대로 완전한 미. 이 아름다움 앞에서는 세상의 모든 사물과 인간이 무릎을 꿇게 되고, 그 아름다움에 매달려 애원할 수밖에 없는, 절대복종을 강요하는 듯한 미. 그것은 차라리 절망에 가까웠다. 자신이 예상하고 있던 벽이 이렇게나 두텁고 높으며 넘어서기 힘든 것이고, 그 압도적인 미는 사람에게 무력감을 안겨준다는 사실을 절실히 깨달았다.

그저 바라만 보다가 삼십 분이 지났지만, 하야미는 아무것도 그리지 못했다. 그것은 외형만으로도 경외심을 불러일으킬 만큼 가공할 아름다움 탓이기도 했지만, 가장 근본적인 원인은 한 가지였다. 하야미는 갑자기 호조에게 인생을 내던질 정도의 아름다움을 더는 느낄 수 없었기 때문이다. 그토록 몽상하고, 애태우고, 무려 2주를 기다려 겨우 도달한 이 순간에 그 열망이 만족과 동시에 다 타버린 것일까? 아니면 치밀한 관찰을 거듭한 끝에 미지의 아름다움이 너무나 선명해지고, 이미 답을 알게 된 수수께끼가 허망하다고 느끼게 된 것인가? 틀렸다. 하야미가 호조를 아무리 계속 관찰해봐야 거기서 보이는 것은 외면의 아름다움뿐이었다. 첫 만남에서처럼 내면이 투영된 모습이나, 미덕도 악덕도 온몸에 혈액처럼 퍼지는 그 강렬한 형상은 더 이상 찾아낼 수 없었다. 호조의 아름다움이 외형뿐일 리가 없다. 바다의 아름다움은 결코 푸르름에만 있는 것이 아니며, 심장을 뒤흔드는 깊은 어둠조차도 그 아름다움의 일부인 것이다.

그렇다면 나는 왜 그렇게 생각한 것일까. 이유는 곧 분명해졌다. 호조의 아름다움은 단순히 외모만이 아니라 무관심 자체에 있었다. 그의 마음 상태야말로 하야미가 맞서야 할 적敵이었고, 지금 맞서고 싶은 완전한 미였다. 대화를 통해 알게 된 사소한 단서들로 미루어 보면, 누군가가 자신의 초상화를 그리는 일 따위의 경험은 호조에게는 처음 있는 일이라는 걸 어렵지 않게 짐작할 수 있었다. 그래서 호조는 일말의 관심을 보인 것이다. 그것은 하야미를 향한 것이기도 했지만, 실은 어디로 향하고 있는지조차 알 수 없는 막연한 관심이었다. '나는 지금, 남에게 관찰되고 있다'는 것, 그것이 호조가 내비친 관심의 실체였다. 자기와 타인 모두에게 무관심한 호조는, 누군가에게 관찰되는 것을 통해 비로소 자신과 타인의 거리를 자각했고, 심지어 그 거리를 측정해보려고 생각했다. 그것이 치명적이었다. 예술의 거리를 정하는 것은 예술가 혹은 감상자의 몫이다. 예술 그 자체, 미 그 자체가 정해도 되는 거리 따위는 존재하지 않는다.

하지만 호조에게 잘못은 없다. 그는 단지 하야미의 지시를 따랐을 뿐이다. 문제는 하야미가 관찰을 해버렸다는 데 있다. 그 사실을 하야미는 자각하고 있었다. 관찰이 예리하면 예리할수록 미는 눈앞에서 금세 자취를 감춰버렸다. 그렇다고 미를 창조하는 인식을 소홀히 한다면 이 도전의 의미는 사라진다. 관찰하지 않으면 호조의 초상화를 그릴 수 없지만, 관찰을 하면 무관심의 미는 상실된다. 하야미가 무형의 아름다움을 창조할 때 거기에는 유형의 대상을 관찰하는 전 단계가 필요했다. 보는 행위를 통해 발견되는 아름다움은 역설적으로 '보이지 않음'을 전제로 했다. 이 난제에는 하야미의 심미관도 영향을 끼치고 있었다. 그는 인식을 통해 미를 창조하는 일을 무의식적으로 해낼 만큼 예술의 독소에 중독돼 있었다. 바꿔 말해 그는 아무런 인식 없이 순수하게 예술을 바라보는 것이 불가능했다. 인식을 통해 호조의 미지성이 희미해질수록 무관심은 서서히 관심으로 변하고, 호조는 그의 인식 세계의 주민이 되어 끊임없이 인식에 오염된다. 그것은 즉 이제 그가 보고 싶은 호조는 결코 볼 수 없다는 뜻이었다. 새로운 미의 가능성으로 도약하기 위한 도전은 인식의 굴레에서 하야미를 벗어나게 해줄 한 가지 방법이었다. 그러나 그 도전이야말로 인식에 시달리는 딜레마를 내포했다. 그것은 결국 영원히 도달 불가능했다. 호조의 무관심이라는 수정을 들여다보면 볼수록 거기에 비치는 자신의 얼굴로 인해 수정은 흐려지고 만다. 하야미가 마음속 깊이 그리고 싶어 하는 호조의 미는 하야미 자신이 계속 인식하는 한 결코 드러나지 않는다. 그렇기에 인식에서 벗어나는 또 다른 방법은 자살밖에 없다. 하야미가 자살해야만 비로소 호조는 있는 그대로의 무관심을 되찾고, 도취와 열광을 아름답게 경멸하는 인간으로서 거침없이 활보하게 될 것이다. 정확히 일 년 전, 서로 이름밖에 모르던 관계였던 그 시절처럼.

하지만 그 모든 것을 이해하고도 끝내 하야미는 자살할 수 없었다. 그는 자신의 심미관이 압도적인 미에 의해 파괴되는 일은 달갑게 받아들일 수 있었지만, 자신의 의지로 선택한 자살은 곧 인식을 포기하는 것과 마찬가지였다. 그것은 자기 부정보다 훨씬 더 가혹한 자기 모독이라고 생각했다. 만약 하야미가 야타니처럼 심미審美를 삶의 본질로 삼는 인간이었다면, 그는 이 절대적인 불가능을 오히려 사랑하며, 일찍이 느껴본 적 없는 아름다움 앞에서 쾌락의 절정에 도달했을 것이다. 하물며 호조처럼 행동을 경멸하면서도 미와 추를 동일한 차원으로 인식하는 인간이었다면, 이토록 깊은 딜레마에 빠지지는 않았을 것이다. 하야미가 인식의 굴레에 얽매이지 않았다면, 모든 것이 예정된 조화처럼 뻔하게 흘러갔을 것이다. 그러나 그런 삶이 가능했다면 애초에 이런 도전조차 생각해내지 못했을 것이다. 그가 행동의 영역을 동경하며, 자신의 파멸을 대가로 그곳에 도달할 수 있으리라고 믿은 오만은 이 순간에 붕괴했다. 하지만 역설적으로 그 사실은 그에게 새로운 오만을 심어주었다. 미의 영역에서는 행동이 인식보다 우월하다는 전제를 바탕으로 한 이 도전이 이토록 엉성하게 끝나버렸으니, 결국 인식이 더 우월한 게 아닐까 하는 오만함. 역시 내 심미관이 옳았던 게 아닐까? 본래 미란 인식을 필요로 하지 않기에 호조는 이미 그 자체로 완전했다. 그럼에도 불구하고 하야미는 그것을 이미 알고 있다고 인정하면서도 인식의 굴레에서 벗어나지 못했다. 예술가로서 그런 모순적인 태도가 이런 오만을 낳고 있었던 것이다.

"화장실 좀 다녀올게. 편한 자세로 있어도 괜찮아."

"알았어."

자리를 비운 것처럼 가장하고, 미술부실의 문틈으로 호조를 엿보았다. 그것은 방금 전 떠올렸던 의문이 옳은지 그른지 확인하기 위해서였다. 엿본다는 행위 또한 인식의 일종이지만, 이런 상황에서 호조가 하야미의 존재를 눈치챌 일은 없다. 그렇다면 그의 무관심이 하야미의 인식에 의해 오염되는 일은 있을지라도 호조 자신의 인식(자신이 누군가의 관심을 받고 있다고 느끼는 감각)에 의해 오염되는 일은 없을 테니, 방금 전보다 조금 더 미는 그 자태를 관능적으로 흐트러뜨릴 것이다.

그리고 그 순간, 하야미는 자신이 인식의 바깥에 있다는 생각마저 들었다. 호조의 앉아 있는 자세나 시선의 움직임은 자신이 곁에 없다는 사실만으로도 아주 새로운 미의 변화를 드러냈다. 엿본다는 방식은 효과적이었다. 호조의 미를 결정짓는 것은 완전히 식어버린 냉혹한 관능이고, 그 관능은 인식될 때 비로소 형태를 갖추지만, 일단 형태를 띠면 무형의 미는 훼손되고 만다. 즉 이 상황, 현실 세계에서는 무형이지만 인식의 세계에서는 형태를 통해서만 관찰이 가능한 상황에서 두 세계가 혼동되는 모순 자체가 예술의 감흥을 낳고 있었다.

역시 인식이야, 라고 하야미는 생각했다. 이 세상에는 인식되는 자와 인식하는 자, 두 종류의 인간밖에 없다. 한쪽은 지금 이 순간에도 죽어가고, 다른 한쪽은 그 죽음을 지켜본다. 한쪽은 영원히 멀어져 가는 항해자이고, 다른 한쪽은 육지의 안온함 속에서 바다를 바라보기만 하는 권태에 찌든 군중이다. 하지만 떠나가면서도 붙들려 남는 자의 아름다움은, 그를 붙잡아두는 자에 의해 보존되는 것이다. 오직 살아 있는 자의 추함만이 죽어가는 자의 아름다움과 고귀함을 드러낼 수 있다. 하야미는 인식에 대한 신뢰를 더욱 굳건히 했다.

그러나 동시에 뭔가 석연치 않은 감정도 들었다. 하야미가 자신의 심미관을 되짚어볼수록 지금 이 상황은 그로부터 멀게만 느껴졌다. 인식된 세계란 본디 절대적인 미의 세계이기에, 잡다한 현실 세계와 뒤섞인 채 하나가 된 제삼의 세계를 창조하는 일은 애초에 그의 목적이 아니었다. 하야미에게 예술이란 자신이 지닌 인식과 그것을 허락하지 않는 외부 세계 사이에서 생겨나는 분명한 대립과 긴장 속에서 비롯되는 것이 아니었을까? 앞서 말한 두 세계가 서로 맞닿지 않기 때문에 오히려 미는 미로서 우뚝 설 수 있었다. 그런데 지금의 상황은 자칫하면 인식을 긍정하면서도 부정하는 꼴이었고, 따라서 완전한 미에 대한 도전이라고 말하기는 어려웠다. 왜냐하면 거기엔 파멸이 없기 때문이다. 자기 인식의 파멸이든, 현실 세계에 살면서도 결코 먼지를 뒤집어쓰지 않는 미의 파멸이든, 완전한 미에 대한 도전은 그 끝에 둘 중 하나의 결과만 남아야 한다. 하지만 지금의 상황은 호조에게 하야미는 그저 자살자로 취급되고 있을 뿐이며, 정작 하야미의 인식 자체가 파멸에 이른 것은 아니었다.

　말없이 생각에 잠긴 채 바라보고 있던 하야미는 살짝 놀랐다. 호조가 야마나카와 대화를 나누고 있었던 것이다. 대화의 내용으로 짐작해보니, 두 사람은 같은 학생위원회 소속인 듯했다. 야마나카가 먼저 적극적으로 말을 걸었고, 호조는 미묘한 표정으로 그에 응하고 있었다. 하야미에게 그것은 참을 수 없는 일은 아니었다. 야마나카가 아무리 말을 걸어도 호조가 적극적으로 다가서지 않는다면 미가 더럽혀질 일은 없을 테고, 무의미하고 생산성 없는 대화에서는 어떤 불순물이 섞여들 일도 없기 때문이다. 새로운 반에 대한 이야기, 2주 전에 치른 과제 시험 이야기, 그리고 지금 그리고 있는 그림 이야기. 자세한 내용까지는 알아듣지 못했지만, 대략 그런 이야기들이 오가는 듯했다. 야마나카와 대화를 나누는 호조는 여전히 무관심의 태도를 잃지 않은 것처럼 비쳤다. 그 사실을 확인하고 하야미는 미술부실로 들어갔다.

　"미안, 기다리게 해서."

“아, 왔어?” 야마나카가 말했다.

하야미는 그 말에 아무런 대꾸도 하지 않은 채 다시 자리에 앉아 초상화를 그리기 시작했다. 호조가 야마나카와의 대화를 멈추고 이쪽을 돌아보았다.

“아니, 그대로 괜찮아.”

하야미는 의아한 표정을 짓는 호조에게 “야마나카와 계속 이야기해도 괜찮아”라고 덧붙였다. 호조가 하야미의 의도를 알아차린 것은 아니었지만, 두 사람은 대화를 이어갔다. 호조가 주목받고 있다고 느끼지 못한 채 무관심을 유지한 상태로 인식되는 방법은 이것뿐이었다. 꽃을 꺾으려는 자에게 교태를 부리는 꽃이 없듯이 호조가 하야미를 인식해서는 안 됐다. 꽃은 모두에게 똑같이 미소 짓고 있지만, 꽃이 오직 자신에게만 미소 지어준다고 우쭐대는 것은 꽃을 꺾으려는 자의 특성이다. 호조가 야마나카와 대화를 나누는 동안, 하야미는 대화하고 관찰되면서도 그에게 여전히 실존하는 무관심을 정밀하게 그려냈다. 그것은 조금 전에 바라본 모습과 조금도 다르지 않았다. 눈앞의 무형과 관념 속의 유형이 분명히 대립하고 있었다. 야마나카와 대화하고 있는 모습, 그리고 자신이 주목받고 있다는 사실조차 인식하지 않는 모습이야말로 완전한 미에 대한 도전에서는 필수적이었다. 호조는 자신이 그려지고 있다는 사실에는 어쩔 수 없이 관심을 두고 있지만, 야마나카와 나누는 잡다한 대화에 대해서는 마음속 어딘가에서 경멸하고 있을 테고, 그렇기에 관능성을 잃지 않고 무관심한 채로 있을 수 있는 것이다. 그렇게 생각하자 하야미는 호조에게 거리낌 없는 공감을 느꼈다. 하지만 그런 식으로 자신의 인식을 투영해 상대의 내면을 헤아리려 드는 것이야말로 사랑에 빠진 자가 빠지기 쉬운 폐해였다.

"저기, 이거 무슨 상황이야?" 야마나카가 쓴소리를 했다.

"괜찮아. 호조도 이게 편하지?"

"응, 왜 그런지는 잘 모르겠지만."

"호조가 괜찮다면, 그걸로 됐어."

한 걸음만 삐끗해도 파멸에 이를지 모르는 상황에서 그 위태로움이 오히려 하야미의 충동을 자극했다. 이후 한 시간가량 작업은 순조롭게 이어졌고 그날의 그림은 마무리되었다. 야마나카와 호조는 집에 가는 길이 중간까지 같았는지 함께 걸어갔다. 혼자가 된 하야미는 익숙한 귀갓길을 따라 걸어갔다.

인식하는 순간 무형의 아름다움은 흐려지고, 인식에서 벗어나면 미는 다시 빛을 머금는다. 하지만 예술가인 이상 계속 인식하지 않을 수 없다. 그 불가능을 벗어난 세계, 미와 추가 뒤섞인 세계에 하야미는 도달했다. 그 세계는 분명히 행동의 논리로 이루어져 있지만, 그 논리를 뒷받침하는 것은 다름 아닌 인식이다. 그리고 지금 그리고 있는 그림은 인식에 의해 성립되지만 인식의 단순한 반영이 아니다. 하야미는 아직 알 수 없었다. 자신이 인식을 신뢰하고 있다는 사실은 틀림없지만, 행동인가 인식인가, 과연 예술은 어느 쪽에 미소를 지을 것인가. 그 해답을 얻기 위해 하야미는 이 도전을 계속하기로 결심했다.

4
____

그림 작업은 순조롭게 진행되었다. 하야미에게는 작품의 완성도가 아니라 완성을 통해 자기 내면에서 일어나는 심경의 변화야말로 이 작업의 핵심이라고 할 수 있었다. 그래서 최대한의 열정과 기술을 다해 완성에 도달할 수 있다면, 그 자체로 스스로의 깨달음에 이를 수 있다고 믿었다. 하야미는 마음이 내킬 때 오면 된다고 말해두었고, 호조는 정말로 그렇게 했다. 2주일 동안 한 번도 안 올 때도 있었고, 어떤 주에는 두 번쯤 방문할 때도 있었다. 처음부터 시간을 들여 천천히 완성할 작정이었던 하야미에게는 그 편이 오히려 더 편했다.

그날도 호조는 하야미를 따라 미술부실에 왔다. 호조의 변덕이 하야미 쪽으로 향할 때, 그는 말 한마디 없이 묵묵히 하야미를 따라왔다. 미술부실로 가는 동안에 하야미는 야타니에게 미리 연락해 그와 호조가 마주치지 않도록 조율해두었다. 한 시간 정도 그림을 그리자 작업은 적당히 끝맺기 좋은 구간까지 진척되었기에, 하야미는 작은 목소리로 "그럼, 오늘은 여기까지 하자"라고 중얼거렸다.

"그래? 그럼 먼저 가볼게."

"어머, 벌써 간다고?"

야마나카가 호조를 쳐다보며 아쉬운 듯이 말했다. 그녀의 역할은 이미 끝나 있었다. 처음 한동안은 야마나카와 호조의 대화 덕분에 호조의 무관심은 존재감을 잃지 않을 수 있었지만, 이제 관찰에 익숙해진 호조는 자신에게 쏟아지는 시선을 자각하면서도 그 눈빛에 깃든 나른한 무관심을 유지할 수 있게 되었던 것이다. 그래서 두 사람에게 일부러 대화를 하라고 지시할 필요가 없었다. 하야미에게 야마나카는 이제 방해꾼일 뿐이었다. 하지만 그녀가 미술부

원인 이상 방과 후에 미술부실에 있는 걸 탓할 수는 없었다. 게다가 하야미는 자신의 감정에 뚜껑을 덮고, 그 대신 그럴듯하게 꾸며낸 감정 비슷한 것으로 겉모습을 맞추며 살아가는 데 익숙했다. 그는 행동적인 인간도 감정적인 인간도 아니었다. 하야미가 사람다운 감정, 즉 순수한 분노나 환희를 꺼리는 성향은 어쩌면 그가 지닌 악습의 원인일지도 몰랐다.

"집에 가서 저녁 준비를 해야 하거든."

"어머? 호조가 직접 저녁을 준비한다고?"

"휴일하고 수요일 저녁만 그래."

그렇게 말하고 나서 호조는 돌아갈 준비를 시작했다. 창문 너머로 보이는 5월의 공기에는 먼지가 낀 듯한 기운이 온통 퍼져 있었고, 희미하게 저물어가는 하늘의 어두운 색조는 적막했다. 운동장에서 들리는 운동부의 기합 소리마저 차분하게 느껴졌다.

"완성되려면 얼마나 걸릴 것 같아?"

"다음 시간부터 채색을 시작할 거야. 여기서부터가 시간이 걸리거든."

"그래. 또 올게."

“응, 내일 봐.”

“야마나카도 또 보자.”

“응, 바이 바~이.”

호조가 돌아가자 야마나카는 곧장 자기 작품에 몰두했다. 하야미는 야마나카의 즉물적인 사고 회로와 그것을 그대로 반영하는 거칠고 조악한 표현 방식에 속으로는 어이가 없었지만, 겉으로는 조금도 내심을 비치지 않고 행동했다. 그는 무엇에든 현학적인 태도를 취하는 것이 얼마나 어리석은지를 잘 알고 있었다. 하야미는 호조에게조차 자기 내면의 연약함이나 세계를 바라보는 방식 등을 털어놓은 적이 없었다. 자신의 미의식이나 사상을 말할 수 있는 상대는 역시 야타니뿐이었다.

한동안 그림을 그리는 소리만이 창 너머 저녁노을의 잔광처럼 미술부실을 채웠다. 호조와 전혀 상관없는 작품을 그리고 있을 때면, 하야미의 마음속에 자리 잡은 호조의 이미지는 더욱더 요염하게 빛을 발했다. 그럴수록 그는 다시 초상화에 손을 대고 싶었지만, 그래서는 의미가 사라질 테니 충동을 자제했다.

“저기, 하야미, 호조가 요리하는 거 알고 있었어?”

"아니, 처음 들었는데. 뭐, 그럴 수도 있지."

"맞아. 뭔가 분위기가 있고."

"분위기, 말이지."

"아 참, 왜 호조를 그리는 거야?"

"왜냐하면 그건……."

왜 그런 마음이 들었는지 하야미 자신조차 짐작할 수 없었지만, 그는 그 순간 문득 모든 것을 말해버리고 싶었다. 자신의 미의식. 호조의 아름다움의 근간. 그 둘 사이의 대립. 그 모든 것을 말하면, 집착을 부끄러워하지 않고 몰입 그 자체만을 숭고하다고 여기는 그녀에게 어쩌면 뭔가 변화가 일어날지도 모른다. 이해자란 흡사 하늘을 닮았다. 도무지 공감조차 되지 않을 만큼 멀리 떨어진 맑고 푸른 하늘의 공기가 엷은 구름에 미혹되어 비로 변해 지상으로 쏟아지고, 조용히 땅 가까이 다가와 스며드는 것처럼 전혀 예상하지 못한, 심지어 인연이 없다고 생각했던 존재가 나를 이해하는 사람이 될 수 있을지도 몰랐다. 하지만 하야미는 말하지 않았다. 그는 이해를 바라지 않았다. 그것은 곧 예술의 가치를 무너뜨리는 행위나 마찬가지였기 때문이다. 어떤 의미나 이유를 모색하는 그 행위 자체의 의미나 이유조차도 하야미는 애초에 존재하지 않는다고 생각했다. 이렇게 예술가인 양 행세하는 오만함과 감정적으로 되는 것을 수치라고 단정 짓는 기질이 맞물려, 그는 친구에게도 말을 아끼며 스스로의 위엄을 유지하려 했다.

"글쎄, 왜일까."

"뭐야, 너도 모르는구나."

"그렇지, 뭐."

야마나카의 말에서 관찰력의 결핍을 읽어낸 하야미는 털어놓지 않기를 잘했다고 안도하면서 동시에 그녀의 얼굴을 바라보았다. 살짝 웃으면 일그러져 보였지만, 대체로 예쁜 얼굴이었다. 특히 눈썹은 부드러운 곡선을 그리고 있어서 웃으면 더욱 도드라져 보였다. 얼굴은 괜찮은데 말이야, 얼굴은. 하야미가 속으로 그렇게 중얼거린 순간 "하지만 다 그런 거지 뭐" 하고 야마나카가 웃으며 말했다.

하야미와 호조는 같은 반이기도 해서 날이 갈수록 둘 사이는 가까워졌다. 수업이 끝나면 몇몇 친구들과 함께 어울려 이야기를 나눴고, 체육 시간에 둘씩 짝을 지을 때면 으레 둘이 짝이 되었다. 하야미는 공부를 잘했기 때문에 성적이 중간 정도인 호조에게 공부를 가르쳐주기도 했다. 처음에는 '공부 모임'이라는 명목으로 방과 후에 호조가 자주 가는 카페에 들르곤 했다. 주말에는 영화(대부분 하야미의 취향에 맞춘 영화들)도 보러 가게 되었다. 그렇게 자주 있는 일은 아니었지만, 호조에게는 영화 같은 오락이 신선했기에 그가 영화를 보러 가자고 하면 하야미가 어떤 영화를 볼지 정하는 식으로 둘은 종종 영화관을 찾았다. 처음 만났을 때는 경외심을 느낄 정도의 아름다움에 쉽사리 관여하기를 꺼렸던 하야미였지만, 한 명의 친구로서 호조와 어울리는 일과 그의 아름다움을 어지럽히는 일은 전혀 별개라는 것을 깨달았다. 아무리 많은 대화를 나누어도 호조의 미는 여전했고, 모든 종류의 열정을 멸시하는 듯한 그 특유의 분위기도 흐트러지지 않았다. 삶에도 죽음에도 똑같이 환상을 품지 않고 살아가는 호조는, 원만한 교우 관계를 만들어내면서도 그런 관계들보다 고독이 더 달콤하다고 냉정하게 판단할 수 있는 내면도 함께 지니고 있었다. 완전히 무의식적인 상태로 아무런 악의도 없이 행동하는 호조는 그 불균형으로 사람을 매혹시켰고, 그 불균형이 계속 불균형한 채로 유지되는 것이야말로 하야미에게는 행복이기도 했다. 호조의 정신 상태는 일정한 형태가 없다는 사실만이 유일하게 정해진 형태였다. 과거에 하야미는 호조를 바다에 비유하며, 바다는 피 한 방울 떨어지는 것조차 용납하지 않을 것이라고 생각했지만, 실은 나름의 무게로 떨어지는 피가 바다를 더럽히는 게 아니었다. 아무리 푸른 바다와 붉은 피가 뒤섞일지라도 바다는 끊임없는 파도의 리듬을 멈추지 않을 테니, 바다가 붉게 물들어 본래의 성질을 조금이라도 잃는 순간은 피의 존재를 받아들였을 때이며, 결국 바다를 더럽히는 것은 바다 자체의 거대한 의지라고 할 수 있었다. 타인이 아무리 신발을 신은 채 무례하게 들어오려 해도, 아무리 깊은 곳까지 파고들려 해도 무량한 바닷물은 단호히 거부한다. 세상의 모든 현상과 사물에는 선악이 나뉠 수 있지만, 그 판단을 내리는 주체가 인간인 이상 최후의 선악은 결국 인간의 의지에 깃들어 있다. 마찬가지로 호조가 아름다운지 어떤지는 호조의 절대적이고 완전한 무관심에 달려 있었다.

하야미가 호조의 이런 변덕스러운 장난기 뒤에 숨어 있는 내적 원인을 알게 된 것은 6월 중순의 어느 휴일이었다. 그날은 함께 영화를 보았고, 이후에는 호조의 단골 카페에 앉아 영화에 대한 감상을 나누고 있었다. 문득 밖을 보니, 주위는 거센 빗줄기에 휩싸여 있었다. 두 사람은 소나기이겠거니 생각했지만, 좀처럼 비는 그치지 않았고 비가 얼마나 세게 내리는지 가게 안에서도 소리로 감지할 수 있을 정도였다. 시각은 어느덧 6시 반을 넘고 있었다. 꽤 오래 머물렀던 것이다.

“8시에는 그칠 것 같아.”

호조는 휴대폰으로 일기예보를 보고 있었다. 하야미는 카페에서 역까지 걸리는 시간을 어림잡으며, 비를 맞고 가서 전철을 탈까, 아니면 편의점에서 우산을 살까, 어느 쪽이 더 굴욕적이지 않을까 고심하고 있었다. 결국 우산을 사기로 마음먹고 일어서려 했을 때, 호조는 아무 감정도 없는 목소리로 말했다.

“우리 집에 갈래?”

사고의 테두리 바깥에서 날아든 전혀 예상치 못한 말에 하야미는 적잖이 놀랐다. 하지만 그는 언제나처럼 평정을 가장하면서 애써 감정을 억누르고 대답했다.

“집이 이 근처니?”

“응, 일 분 정도. 우산 빌려줄게.”

"그래, 그러자 그럼."

자신의 동요를 들킬까 봐 마음 졸이던 하야미는 무관심하기에 언제나 객관적인 관점을 유지하는 호조의 무적無敵 같은 관찰력에서 도망치듯 자리에서 일어섰다. 서둘러 계산을 마치고 그대로 가게를 나왔다. 창 너머로 보았을 때보다 훨씬 거세게 느껴지는 빗줄기는 끊임없이 땅을 때리며 아스팔트를 하나의 색으로 물들이고 있었다. 얼룩이 겹쳐진 검은 바탕에 여러 개의 물웅덩이가 고여 수면 위로 잔물결이 일고 있었다. 형형색색의 우산을 쓴 사람들, 우산도 없이 종종걸음으로 서두르는 사람들이 우왕좌왕하는 인도를 앞에 두고, 두 사람은 말없이 멈춰 섰다. 눈앞의 비와 거리의 사람들과 공기를 함께 공유하고 있으면서도 두 사람 사이는 어쩐지 떨어져 있었다. 그 거리감을 호조가 먼저 걸어 나가며 깨트렸고, 그제야 하야미도 침묵을 깼다.

"안 뛸 거야?"

"아……."

호조는 비와 어울리는 법을 알고 있었다. 우산도 비옷도 없이 그대로 비를 맞게 된 사람은 아무리 뛰어봤자 결국은 젖고 말 테니, 어차피 젖을 거라면 그것을 마다하지 않는 편이 오히려 고상하다고 하야미는 생각했다.

　하야미는 짧은 시간이었지만 비의 정적 속을 달리지 않고 그저 말없이 걷는 그 순간에, 살아 있으면서도 죽음을 들여다보는 듯 묘한 유혹을 느끼고 있었다. 그에게는 이 빗소리조차 찬미가로 들렸다. 호조가 생활하는 실제 모습이나 그 무관심이 머무는 거처를 알고 싶은 건 아니라고, 속으로 되뇌었다. 그러나 그것은 착각이었다. 그는 이미 알고 있는 세계를 넓혀 가는 행위를 아름다움을 핑계로 정당화하는 것에 이제 아무런 의문도 품지 않았다. 살아갈 이유가 없기에 사람은 살 수 있다고 믿으면서도 이 세상의 수많은 사람들과 마찬가지로 살아갈 이유를 어딘가에서 찾고 있었다. 그 행위에는 어떤 의미도 이유도 없다는 것을 알면서도 무의식중에 의미나 이유를 찾고 마는 자가당착이야말로 살아가는 것이라고 그는 어렴풋이 느꼈다. 그러나 안이하게 결론을 내리지 않겠다는 오만함과 자기 자신마저 속이는 교묘한 태도로 인해 '알고 싶지 않다'고 생각하면서도 그는 결국 알고 말았다. 그것은 파멸을 예감하면서도 파멸에 맞서려는 불가능한 시도, 완전한 미를 향한 도전의 근간을 이루는 심리였다.

"여기야."

젖은 앞머리가 단아한 하얀 이마에 달라붙는 것도 개의치 않고 호조는 비 내리는 밤에 미소 지었다.

그것은 전통적인 목조 가옥이었다. 웅대한 기와지붕은 빗물 탓인지 암흑으로 빛났고, 차갑고도 단단하며 위엄 있는 외관은 수많은 목재들로 지탱되고 있었다. 처마 끝에서 끊임없이 빗방울이 흘러내렸고, 빗줄기와 처마 아래의 어스름이 실내에서 새어 나오는 희미한 불빛에 일렁이고 있었다. 외벽 역시 빼어나서 하얀 벽의 준엄함과 목재의 가라앉은 평온함이 미묘한 조화를 이루고 있었다. 집 자체에서 풍기는 숲처럼 엄숙한 분위기는 그 안에서 살아가는 이들의 맑고 고요한 일상을 말없이 드러내고 있었다. 웅장한 건축과 그 속에 쌓인 삶의 역사와 정갈한 분위기는 그야말로 미의 거처로서 손색이 없었다.

"집 좋네. 할아버지 집인가 보네."

집이 아름다워서 넋을 놓고 보느라 호조가 벌써 우산을 갖고 온 것도 알아차리지 못했다. 그렇게 멍하니 바라보고 있는데, 납작한 돌이 깔린 길 끝에 역시 정갈하게 꾸며진 격자 미닫이문이 열렸다.

“왔구나. 어머, 친구야?”

할머니로 보이는 인물이 온화한 미소를 지으며 현관의 은은한 불빛에 싸여 있었다. 호조는 “응” 하고 짧게 대답할 뿐이었다.

“처음 뵙겠습니다. 하야미 케이치라고 합니다.”

“안녕. 거기 있으면 추울 거야. 자자, 이리 들어와.”

“아, 아닙니다. 이제 집에 가려고요.”

“하지만 그렇게 젖었는데.”

“들어가. 저녁이라도 먹고 있다 보면 비도 그치겠지.”

“하지만 이렇게 불쑥 찾아와서 저녁까지 먹기가 좀.”

“괜찮아. 나하고 할머니 둘밖에 없어.”

그 순간 빗물이 등을 타고 흐른 것 같은 착각이 들었다. 호조는 그런 하야미의 기색을 눈치채지 못한 채 한 발 먼저 현관 안으로 들어갔다. 하야미는 호조의 눈빛에 이끌려 아무 말도 못 하고 그 뒤를 따랐다.

호조의 할머니는 수건을 두 사람에게 건네며, 하야미에게 호조와 어떤 사이인지 물었다. 학교생활은 어떤지, 호조와 사이좋게 지내고 있는지, 그런 것들이었다. 하야미는 머리를 닦으며 질문에 답하면서도, 뜻밖에도 서양식으로 꾸민 실내 인테리어를 유심히 바라보고 있었다. 그의 시선을 알아챈 호조가 "몇 년 전에 리모델링했어"라고 설명했다. 그래도 어딘가 한산한 기운이 감돌았고, 평온함과 그 평온함의 그림자 같은 황량함이 이 공간에서 뒤섞여 흔들리고 있었다. 하야미는 그 공간이 몹시 마음에 들었다.

부모님께 저녁 먹고 들어가겠다고 연락을 드렸다. 호조가 저녁을 준비하는 동안 하야미는 호조의 할머니와 이야기를 나누었다. 화제는 기본적으로 호조와 하야미에 관한 것이었고, 할머니의 질문은 끊임없이 이어졌다. 아무래도 호조는 가족에게도 자신에 관한 이야기는 별로 하지 않는 모양이었다. 대화 도중에 할머니는 목욕을 하라고 권했지만, 하야미는 아무래도 조심스러워서 사양했다. 호조의 할머니는 비록 연세는 드셨지만, 과거의 단아한 얼굴을 상기시킬 만큼 충분히 아름다웠다. 하지만 그 우아한 아름다움은 호조와는 결이 달랐다. 하야미는 호조의 미가 혈연에서 비롯된 것이 아님을, 그와는 다른 어떤 것에서 기인한 것임을 직감했다.

호조가 만들어준 것은 나폴리탄이었다. 누군가의 기억을 그대로 재현한 것 같은, 말하자면 평범한 나폴리탄이었는데, 집밥 같아서 맛있었다. 다 먹고 나니 시계는 8시를 향하고 있었다. 같이 그릇을 치우고 돌아가려던 찰나, 다다미방의 불단이 눈에 띄었다. 거기에는 젊은 여성과 남성, 대여섯 살 전후로 보이는 사내아이와 노년의 남자 사진이 있었다.

"부모님과 동생은 내가 일곱 살 때 수난 사고로 돌아가셨어. 할아버지는 사 년 전에 폐암으로."

하야미는 잠시 말없이 있었다. 동정도 애도도 아닌 무언가가 가슴속에 소용돌이치고 있었다. 그것은 낙담에 가까웠다. 지금껏 설명되지 않았던 호조가 지닌 미의 근간을 이제야 알게 된 것 같은 기분이 들었기 때문이었다. 그것은 가족의 죽음이라는 비극적인 과거에 뿌리를 두고 있었다. 그러나 그때 느낀 감정은 단순히 이유를 알아버린 허무함만은 아니었다. 뭔가 훨씬 더 깊은 감정이 침묵을 붙들고 있었다. 그리고 그는 이 침묵을 언어로 옮기기 위해 지금 이 자리에 있다고 확신했다.

"향 피워도 될까?"

"응."

하야미는 불단 앞에 정좌했다. 성냥을 그어 촛불을 일

렁이게 하고 향의 한쪽 끝에 불을 붙이자 끝부분이 불길을 머금은 검은빛으로 변했다. 손바람으로 불꽃을 끄자 옅은 연기 속에서 잿빛의 끄트머리가 나타났다. 향로에 향을 꽂은 다음 종을 울린 뒤 합장하고 눈을 감았다. 잠시 후 눈을 떴다. 자리에서 일어나 뒤돌아보자 호조의 할머니가 입을 열었다.

"가족 넷이 해수욕을 갔던 날이야. 네 사람 모두 파도에 휩쓸렸는데, 주변 사람들과 구급대원이 도와준 덕분에 기적적으로 쓰카사는 살아남았지."

하야미는 다시 말없이 있었다. 이번에는 조금 전처럼 말을 고르느라 시간이 필요했던 게 아니었다. 말을 이어가던 할머니 뒤편에 우두커니 서 있는 호조의 눈이, 자신과 가족의 생사에 관한 이야기를 들으면서도 결코 슬픔이나 비탄을 드러내지 않고 의연하게 평소와 다름없는 눈빛을 유지하고 있었기 때문이었다. 전율이었는지 경외였는지, 어쨌든 지금 이 순간 호조의 눈빛은 기억이나 몽상 속의 그 어떤 호조보다도 아름다웠다.

"비도 그친 것 같고, 가볼게." 무언가를 얼버무리듯 하야미는 말했다.

"조심히 가."

"또 놀러 와라, 하야미."

"오늘 신세 많이 졌습니다."

젖은 아스팔트에서 비의 흔적을 느끼며, 하야미의 머릿속을 가득 채운 것은 방금 전의 눈빛이었다. 호조는 줄곧 죽음과 이웃한 채 살아왔다. 거의 십 년 동안 그가 가족을 떠올릴 때면 어김없이 죽음의 냄새가 따라붙었다. 그것이 그의 사생관을 형성했다. 즉 호조는 죽음조차 생활의 일부로 받아들였고, 그렇기에 죽음에서 미덕도 악덕도 느끼지 않았다. 삶도 죽음도 두려워할 필요가 없었다.

비에 젖는 것을 개의치 않는 호조의 기질은 죽음을 두려워하지 않는 기질과 같은 것이었다. 그는 무의식중에 이 정신을 유지해온 것이다. 그것은 생활의 한 귀퉁이에 늘 죽음을 장식품처럼 놓아두고 살아가는 인간의 정신이었다.

이때의 죽음은 세속에서 말하는 것처럼 삶의 결핍을 메우기 위한 것도 아니었고, 하야미가 생각하는 삶의 충만함을 더 강고히 하기 위해 설계된 것도 아니었다. 호조에게 사는 것과 죽는 것은 별반 다르지 않았다. 그래서 호조는 결코 삶에 아첨하는 태도를 보이지 않았다. 안락이나 행복만을 위해 삶을 함부로 낭비하거나, 살아남기 위해 세상의 오물을 한 몸에 짊어진 채 살아가는 자가 아니었다. 삶과 죽음에 아첨하거나 굴복하는 방식으로 그의 세계는 존재하지 않았다. 호조에게 죽음은 삶의 투영과도 같아서 삶과 죽음 사이에 분명한 경계가 없었다. 하야미가 아무 이유 없이 살아가는 것을 긍정했다면, 호조는 이유 없이 죽는 일조차 긍정했을 것이다. 그만큼 그는 죽음과 친밀했다. 늘 가까이서 끊임없이 뒤엉켜 있었기에 삶과 죽음을 올려놓은 저울은 수평을 이루었다. 대부분의 사람들이 삶의 편에서 죽음을 관측할 수밖에 없는 데 반해 호조는 하나의 시야 안에 삶과 죽음을 동시에 담아낼 수 있었다. 그것은 죽음의 편에서 삶을 관측하는 일조차 가능하게 했지만, 삶과 죽음이 늘 함께 존재하는 호조에게는 결코 생사의 어느 쪽도 감미롭게 느껴지지 않았다. 호조는 죽음 속에서 삶의 희열을, 삶 속에서 죽음의 비애를 찾을 수 없었다. 이를 감수성의 결핍이라고 비웃는 것은 쉽지만, 결핍이 결핍인 채로 미덕이 되는 일은 전혀 이상하지 않았다. 요컨대 그는 사는 것에도 죽는 것에도 흥미가 없었다. 그 권태감이야말로 무관심의 결정체였다.

'서바이버 길티(살아남은 죄책감)'에서 비롯된 자살 충동 따위와는 달랐다. 호조에게 죽음이란 숙명이 아니었다. 숙명이란 끊임없이 시달리는 것이기에 그 고뇌로부터 해방되기를 바랄 수밖에 없고, 결국에는 자신도 모르는 사이에 숙명의 성취에 몸을 맡겨버리게 된다. 그가 만일 죽음을 자신의 숙명으로 단정했다면, 지금보다 훨씬 더 죽음을 원했어야 했다. 방 안에 죽음의 냄새가 차오르더라도 그의 체취는 어디까지나 그만의 것이었다. 그는 죽고 싶다는 생각은 하지 않는다. 그러나 결코 죽음을 혐오스럽게 느끼지도 않는다. 거기엔 두려움도 동경도 없다. 사람이 죽음을 두려워하는 이유는 그 너머에 있는 영원한 고독을 두려워하기 때문이다. 하지만 어떠한 외부의 자극에도 흔들리지 않는 완전한 미를 지닌 호조에게는 늘 고독이란 독니가 슬그머니 다가오고, 그 존재를 인지하면서도 독니가 있는 삶을 한번 즐겨보려는 유치한 충동이 일어난다. 그는 삶과 죽음을 쉽게 하나로 합칠 수 있다. 마치 전철의 선반에 짐을 두고 내리듯, 호조는 자신의 목숨조차 무심히 버릴 수 있을 것이다. 그토록 오랜 시간 곁에 머물러온 죽음은 본래의 엄숙한 면모를 잃고 그에게 애착이라는 안온함만 남겼다. 하지만 그 안온함이 호조 본인을 대신하는 일은 없었다. 악인이 꽃에 물을 주듯, 선인이 꽃을 꺾듯 죽음을 눈앞에 둠으로써 그는 무의미하고 불성실한 유희 같은 태도를 취하게 되었다. 그리고 죽음과 함께 정착해 살아가는 방식이 죽음에 대한 애착을 갖게 했고, 거기에 일말의 두려움조차 없다면 언제 죽어도 좋다는 마음가짐이, 온갖 관심이라는 속박을 끊어내어, 일상의 번잡함이나 인간의 뜻대로 되지 않는 세상사, 이 세상의 무상함에 분노하지 않고도 느긋하게 살아가게 해주는 것이다.

이토록 죽음의 그림자가 드리우고 있을지라도 호조는 죽음 그 자체는 아니었다. 그는 온갖 아름다움과 추함의 틈새에 있었다. 바다와 육지가 끊임없이 침범하며 맞닿는 물가였고, 선과 악이 녹아들어 포화된 용액이었으며, 삶과 죽음이 부도덕하게 결합해 태어난 아이였다. 그 틈새, 손을 대기만 해도 부서질 것 같은 연약함과 결코 손댈 수 없는 신성함의 공존, 그것이 호조 그 자체였다. 그는 수많은 잡다한 인간들과 아무렇지 않게 어깨를 나란히 하며 살 수도 있었고, 고독한 사상가로서 죽음을 받아들이는 일도 마다하지 않았다. 그러면서도 어느 한쪽을 선택하지 않았고, 영원하다고도 할 수 있는 파도에 몸을 맡기듯 그 자리에 머물렀다. 만사에 쉽게 흔들리지 않는 태도가 오히려 만사를 혼란에 빠뜨렸고, 일관되게 이어지는 지리멸렬의 위태로움이 영속적인 파멸을 몽상하게 했다. 그렇기에 호조의 미는 완전했다.

삶과 죽음이 공존하는 그는 어쩌면 삶도 죽음도 존재하지 않는 공허일지도 모른다. 그 자신에게는 삶과 죽음도, 미와 추도, 선과 악조차도 존재하지 않는 것 같다. 그의 변덕스럽고 무관심한 장난 같은 정신성은 인식하는 이에게 너무도 쉽게 그 모습을 내어주는 것처럼 보인다. 그런데 만약 그 눈빛이 아무것도 비추지 않는 것이라면, 그 안에 고여 있는 무관심이란 실은 그것을 바라보는 이의 눈동자에 비친, 자기 자신의 반영이 아닐까. 아니, 그것은 과신이다. 많은 사람들이 삶을 당연한 것으로 받아들이고, 그런 습관에 싫증을 느껴 삶을 혐오하고 죽음을 특별하게 여긴다면, 삶과 죽음이 모두 일상인 호조는 그런 습관 자체를 거부하고, 이어서 거부하는 습관마저 혐오하며 결국엔 받아들인다. 그렇기에 그의 무관심은 다른 누구도 아닌 그 자신이 수용하고 거부한 결과일 것이다. 그것을 공허라고 표현하는 데 주저할 이유는 없다. 텅 빈 실체, 공허라고 하는 본질을 사랑하는 것 또한 인간의 본성이다. 결국 습관도 본질도 똑같이 사랑하면서 동시에 무의식적으로 똑같이 멸시할 수 있는 존재가 바로 호조였다.

하야미는 이해할 수 없었다. 지금까지의 고찰이 완전히 빗나간 것일지도 모른다는 느낌이 어렴풋이 들었다. 그만큼 호조의 무관심은 때때로 무관심에 관심을 기울이는 이들보다 무관심 그 자체를 들여다보려는 이를 더 깊이 끌어당겼다. 무관심에 대해 생각하면 할수록 그 실체는 점점 멀어지는 듯했다. 그리고 이 '이해할 수 없음'이라는 불가능성이, 멀어져 가는 실체가 오히려 몽상을 몽상답게 만들어주었다.

5

호조가 오지 않는 날에는 야타니도 미술부실에 있었지
만, 야마나카도 함께 있다 보니 둘만의 대화를 나누기에는
조심스러웠다. 그 비 내리던 날로부터 며칠이 지났을 때,
야마나카는 볼일이 있어 먼저 귀가했기 때문에 미술부실
에는 야타니와 하야미 두 사람만 있었다. "참, 호조의 초상
화는 잘 되고 있어?" 야타니가 물었다.

"잘 되고 있어요. 이제 채색을 시작했는데, 이 상태라면
9월 초쯤에는 끝날 것 같아요."

"꽤 시간을 들이는구나."

"네. 호조의 변덕도 있어서 그렇긴 한데, 제 인생 최고의 예술이 될 테니까요."

야타니는 그 말을 과장이라며 놀리지 않았다. 그의 태도를 알아차린 하야미는 살짝 웃었다. 하야미가 이렇게 가식 없는 미소를 지을 수 있는 상대는 야타니뿐이었다. 이 남자 앞이라면 아무리 끔찍한 비밀도, 죽고 싶을 만큼 부끄러운 비밀도 털어놓을 수 있었다.

"며칠 전에 호조 집에 갔었어요."

"그래? 엄청 행동파네?"

"어쩌다 보니 그렇게 된 거예요."

"그래서 어땠어?"

하야미는 한 박자 쉬었다.

"굉장해요, 호조는. 그 친구는 언제까지나 아름다울 거예요. 내가 그림을 완성하더라도 분명히."

"그래? 그거 잘됐네."

야타니는 담백하게 답했지만, 그 말이 무관심에서 나온 게 아니라 납득에서 나온 것이란 걸 하야미는 알고 있었다. 그래서 일일이 반응을 살피지 않아도 속마음을 꺼내 보일 수 있었다.

"그런데 입시 학원은 어때요? 벌써 이 년 정도 다니고 있죠?"

"좋은 자극이 되더라. 다들 실력이 뛰어나니까."

"나는 미대에 응시할 생각이 없어서 모르겠지만, 그런 데서 하는 미술이란 건 어떤가요? 예술인가요, 아니면 입시 준비인가요?"

"딱 잘라 양분할 수는 없지. 나는 대학에 합격하려고 그리는 건 아니니까."

"그럼 왜 입시 학원에?"

"글세, 딱히 의미 같은 건 없어. 그림을 잘 그리고 싶다거나 미대에 가고 싶다거나, 그런 걸 간절히 바란 것도 아니고, 그렇다고 미술밖에 할 수 없다는 것도 아니야. 그런데도 그리고 있어."

근심도 주눅 든 기색도 없이 야타니는 말했다.

"그 말, 학원비 내주는 부모님이 들으면 우시겠어요. 부장다운 생각이긴 해요."

"부장 말인데, 이제 곧 그만두니까 하야미와도 못 만나게 되려나?"

“구체적으로 언제 그만두세요?”

“글쎄, 뭐, 적당한 때를 봐야지. 이 동아리는 지도교사도 거의 오지 않고, 좀 시골이라 그런지 신입생 자체가 적다 보니 신입부원도 없잖아. 콩쿠르에 나갈 사람도 우리가 직접 선발해야 할 정도고. 그림도 여기보다 입시 학원 쪽이 더 잘 돼.”

“동아리라기보다 취미군요.”

“딱 알맞은 거리감이지. 게다가 하야미도 야마나카도 취미에 진심이잖아. 입시 학원 학생들보다 더 아름다운 그림을 그릴 때도 많아.”

“과대평가예요.”

“아니, 사실이야. 미술이란 건 결국 좋아하는 걸 좋아하는 방식대로 그리면 되는 거야. 좋다 나쁘다, 옳다 그르다 하는 건 남이 정하지만, 자기 취향만큼은 남이 결정할 수 없잖아. 당당하고 멋져.”

“부장은 강한 사람이에요. 남을 신경 쓰지 않을 뿐 아니라 자기 자신조차 돌아보지 않죠. 나는 그저 두렵기만 해요. 엉뚱한 해석이라든가 엇나간 비판이라든가, 나 자신이 전하려 한 마음이 온전히 전달되지 않는 건 두렵지 않아요. 다만 그런 통속적인 절망이 계속되면서 나 자신의 취향이 바뀌어버릴지도 모른다는 것, 그게 두려워요.”

“너는 겁이 많아서 그런지 너무 생각을 많이 하는 경향이 있어. 게다가…….”

야타니는 검지를 척 세웠다.

“겁이 많은 건 나도 마찬가지야. 다만 내 힘으로 어쩔 수 없는 일까지 생각하다 보면 지칠 뿐이니까 그냥 단념하는 거지. 뭐, 사실 어디에 서 있든 거기가 그늘인지 양지인지는 결국 시간이 정하는 거잖아. 확실히 도전은 멋지지. 고결한 몸부림도 많고. 하지만 나는 그런 것들과 멀찍이 떨어져 있고 싶어. 그저 바라보기만 해도 괜찮아. 잔인한 말이긴 하지만.”

“부장은 말이죠, 자신의 마음조차 자기 뜻대로 할 수 없다는 걸 잘 아는 사람이에요. 무엇을 대하든 주관적인 시점을 잃지 않지만, 그렇다고 주관에 과도한 의미를 부여하지는 않죠. 큰일을 해낼 거라고 생각해요, 그런 사람은.”

“고마워. 여자친구한테도 비슷한 말을 들었어. 나보고 차가운 사람이라고 하더라.”

“부장 같은 사람일수록 언뜻 보기엔 냉정해 보이니까요.”

야타니는 벽에 걸린 시계를 보았다. 6시를 조금 앞두고 있었다.

"이제 슬슬 가볼게."

"평소보다 일찍 가네요?"

"여자친구랑 저녁 먹기로 해서."

"그렇군요. 그럼, 또 봐요."

"응, 또 봐."

손을 가볍게 흔들며 야타니는 미술부실을 떠났다. 그날 이후 야타니가 미술부실에 오는 일은 없었다.

"어휴, 후배가 불쌍하네."

입 속에 담은 면발을 개의치 않고 나나세 유이는 한탄했다. 마주 앉은 야타니는 무관심한 눈빛으로 그녀를 바라보았다. 그곳은 두 사람이 다니는 입시 학원에서 걸어서 십 분 정도 떨어진 라멘 가게였다. 자리는 만석이었고, 손님들이 면을 후루룩거리는 소리와 카운터 안쪽에서 들려오는 조리하는 소음을 희고 강한 전등 빛이 감싸고 있었다. 야타니는 원래 미소라멘파였지만, 이 집은 시오라멘이 최고라며 나나세가 강력히 권하는 바람에 어쩔 수 없이 담백한 시오라멘을 주문했다.

"멋대로 동정하지 마"라고 야타니는 무심코 젓가락을 멈추고 말했다.

야타니가 하야미에 관한 이야기를 먼저 꺼낸 것은 아니었다. 나나세가 요즘 그의 동아리 활동에 대해 별 생각 없이 물었기 때문에 대화의 자연스러운 흐름을 따라 여기까지 이어진 것이다.

"그래도 불쌍하잖아. 따르던 선배가 갑자기 안 오게 되면, 나 같아도 걱정될 것 같고, 특별한 이유가 없다면 더더욱 마음 쓰일 거라고."

"괜찮아. 걔는 지금 집중해야 할 일이 있어서 다른 일에는 진심으로 별 관심 없을 거야. 게다가 그 친구라면 그림에 전념하기엔 입시 학원이 더 낫다고 합리적으로 생각할 거야."

"그렇다고 해도 아무 말도 안 하고 그냥 발길을 딱 끊어버리는 건 좀."

"차가워?"

"응, 좀 그래. 너무 무심해."

"그렇게 말할 줄 알았어."

아까보다 더 부드러워진 면발을 후루룩 넘기고 있을 때 나나세가 물었다. "그건 그렇고, 오늘이 무슨 날인지 기억해?" 야타니가 입을 다물고 머뭇거리자 그녀는 한숨을 쉬며 말했다.

"오늘로 우리가 사귄 지 딱 반년이야."

"아~ 벌써 그렇게 됐나?"

"좀 미안한 척이라도 해봐."

"미안하긴 한데, 잊고 있었다기보다 처음부터 기억을 안 하고 있던 거라서. 갖고 싶은 게 있으면 선물해줄게."

"넌 너무 솔직해서 오히려 무서울 때가 있어. 뭐, 이제 그런 것도 익숙해졌지만. 선물 같은 건 딱히 필요 없어. 나로선 단골 라멘 가게에 따라와준 것만으로도 만족하니까."

"전부터 궁금했는데, 왜 기념일이 중요한 거야?"

"그 말 진심이지? 음, 나한테 중요한 건 숫자야."

"숫자? 무슨 뜻이야?"

"야타니는 시오라멘보다 미소라멘을 더 좋아하잖아. 그건 네가 지금까지 시오라멘보다 미소라멘을 먹은 횟수가 더 많기 때문이라고 생각해."

"그거 참 황당한 논리네."

"방금 한 말은 비유야. 결국 중요한 건 단순한 숫자를 차곡차곡 쌓는 거야. '좋아해'라고 말한 횟수, '좋아해'라고 들은 횟수, 손을 잡은 횟수, 함께 보낸 횟수, 숫자를 쌓아가는 게 얼마나 중요한지는 미대를 준비해본 사람이라면 뼈저리게 알 거야. 결국 난 단순하거든."

라멘을 다 먹은 야타니는 숨을 한 번 고르며 "그래?" 하고 말을 이어갔다.

"넌 감정의 낭비를 꺼리지 않는 타입이지만, 어딘가 공리주의적인 구석도 있고 합리적인 측면도 있어. 삶을 복잡하게 생각하는 경향도 있지만, 사실은 단순하게 살아갈 줄 알지. 과일 먹을 때도 씨를 남겨두려는 생각 따위는 하지 않는 사람이야."

"그거 칭찬하는 거야?"

"칭찬하는 거야. 내겐 없는 성격이니까. 본질이 실체로 자리 잡기 전에 그 실체의 향락에 빠지는 즉흥적인 사고방식. 본질만 좇다가 혼쭐나는 계산적인 바보들보다 훨씬 건전하지."

그렇게 말하며 야타니는 지갑을 열었다. 이미 식사를 끝낸 나나세도 지갑을 열었다.

“앗, 미안. 오천 엔짜리밖에 없네.”

“뭐야. 숫자를 좋아한다면 지폐보다 동전을 더 좋아할 줄 알았는데.”

“아니, 동전은 무거워서 싫어.”

“넌 정말 단순하구나.”

결국 야타니가 시오라멘 한 그릇 값을 나나세에게 건넸고, 그날은 그녀가 계산을 치렀다. 나나세는 혼자 먼저 입시 학원으로 향했다. 둘이 사귀는 걸 들켜서 놀림 받고 싶지 않다는 나나세의 바람에 따라 둘은 일부러 등원 시간을 달리하고 있었다. 야타니는 학원으로 가는 길에 편의점에 들러 시간을 때웠다. 그곳에서 푸른색 계열의 교복을 입은 키 큰 여학생을 보았다. 그 추한 얼굴이 낯익어서 말을 걸었다.

“타나하시, 이런 데서 만나네.”

타나하시 미호도 야타니와 같은 학원에 다니는 학생 중 한 명이었다. 그 얼굴은 어쨌든 추했다. 아름다움의 상대적인 측면에서의 추함이 아니라 메마른 흙처럼 햇빛조차 반사하지 않는, 그런 추함이었다.

“그러게, 이런 데서 다 만나네.”

그녀는 어색한 듯 웃으며, 살짝 얼굴을 붉힌 채 시선을 피했다. 그런 행동이 추함을 더욱 도드라지게 했다. 하지만 야타니의 견해로는, 입시 학원에서 가장 그림을 잘 그리는 사람은 타나하시였다. 특히 구도와 질감에서는 누구도 그녀를 능가하지 못했다. 그것은 자신의 추함을 메우기 위한 보상 심리에서 비롯된 미가 아니라 보기 드문 연마와 끈질긴 수련 끝에 도달한 기술적 정점이었다.

편의점을 나선 뒤, 둘은 대화다운 대화도 없이 걸었다. 너무 어색한 탓인지 타나하시는 "미안"이라고 말했다. 그러나 야타니는 진심으로 그 말의 의미를 알 수 없어서 "왜 사과하는 거야?"라고 물었다. 그러자 그녀는 다시 얼굴을 붉히고는, 그걸로 끝이었다.

학원에 도착하자 두 사람을 노려보듯 바라보는 나나세의 모습이 보였다. 야타니는 자신이 어쩐지 어설픈 질투의 시선을 받고 있다는 걸 알아챘다. 그와 동시에 질투란 감정이 생각보다 위험하지 않다는 것도 알게 되었다. 그보다는 오히려 그녀의 질투가 자신의 손바닥 위에서 굴러다니는 작은 공처럼 느껴졌다. 본디 질투란, 그 원인이 되는 사람에 의해 생겨나고 그 사람만이 해결할 수 있는 감정이다.

자아가 강하게 작동하는 부정적인 감정이면서도 실상은
타인에게 좌우되는 감정이라는 이 '질투'의 본질을, 야타니
는 열매와 그 씨앗과 비슷하다고 생각했다. 성장의 끝에서
사람들의 손길을 끌어당기는 열매는 사실 입 밖으로 뱉어
낸 씨앗에서 비롯된다. 그리고 그 씨앗조차 열매가 완전히
익고 마침내 썩어야만 비로소 세상에 모습을 드러낼 수 있
으며 흙 위에 뿌려질 수 있는 것이다.

6

7월에는 호조가 미술부실에 자주 왔다. 덕분에 채색은 순식간에 진척됐지만, 하야미는 그렇게나 바라던 완성을 눈앞에 두고도 들뜨지 않고 담담하게 붓질을 계속했다. 초상화를 마무리한다는 종결의 공포가 오히려 머릿속을 냉정하게 만들었는지도 몰랐다. 그렇게 생각하니 자신이 한심해져서 하야미는 차라리 자신의 미의식이 날이 갈수록 투철해지고 있으며, 완전한 미에 대한 도전의 종결이 곧 파멸이라면 자신은 그 파멸을 받아들일 각오가 서 있다고 믿기로 했다.

완성까지 얼마 안 남은 상태에서 여름방학이 시작되었다. 8월에도 미술부실은 열려 있었지만, 동아리 활동이 없는 호조가 일부러 학교에 나오는 것은 번거로울 것 같아서, 하야미 쪽에서 먼저 여름방학에는 채색을 하지 않겠다고 했다. 하지만 두 사람의 관계는 여전히 좋았고, 영화를 보거나 저녁을 먹기 위해 종종 만나곤 했다.

8월 첫째 주에 무슨 일인지 호조가 먼저 만나자고 연락이 왔다. 소개하고 싶은 사람이 있으니 지금 카페로 와달라는 메시지가 그날 오후에 도착했다. 호조의 제안이 내심 기쁘면서도, 누구를 만나게 하려는지 궁금한 마음과 평소의 호조답지 않은 말투를 의아하게 생각하며 전철을 탔다. 오후 2시 반, 늘 가던 카페에 도착해 보니 호조는 창가에 있는 사인용 테이블에 앉아 있었다. 테이블 사이의 널찍한 공간을 지나 하야미는 그의 맞은편에 자리를 잡았다.

"잘 지냈어? 그래서 만나게 해주고 싶다는 사람이 누구야?"

"조금 있으면 올 거야."

호조는 여느 때처럼 미소를 머금었다. 찌는 듯한 여름

하늘에 무례를 범하는 듯한 하얀 피부는 순백의 긴 소매 셔츠 속에 그 신성함을 감추고 있었다. 살짝 땀이 난 하야미를 보면서 땀 한 방울 흘리지 않은 호조는 아이스커피를 한 모금 마셨다. 그 모습을 본 하야미도 아이스커피를 주문했다. 호조가 땀을 흘리지 않은 것은 카페에 들어온 후 꽤 시간이 지나서도, 주문한 아이스커피 때문도 아니라고 하야미는 생각했다. 조각과 회화가 땀을 흘리지 않듯이 호조도 땀을 흘리지 않는 것이다.

"하야미, 연정을 자각하는 조건이 뭐라고 생각해?"

그 질문이 호조의 입에서 나왔다는 사실이 믿기지 않았다. 이 남자가 연정이라는 단어를 쓴다는 것 자체가 마치 허구처럼 느껴졌다. 하지만 하야미는 자신의 감정을 숨기는 데 매우 능숙했기에 당황한 티를 내지 않고 태연히 그 질문을 받아넘겼다.

"글쎄, 뭘까?"

"그럼 하나씩 알려줄게."

"하나씩이란 건 두 개 이상 있다는 말인가?"

"응, 전부 다섯 가지야. 그 다섯 가지가 모두 겹쳐져야 겨우 연정을 자각하는 사람도 있고, 한두 가지만 겪고도 그게 연정이라는 걸 깨닫는 사람도 있어."

손바닥을 내보이듯 다섯 손가락을 곧게 세운 호조의 팔뚝이 오늘따라 유난히 남자다웠다. 손가락의 안쪽 뼈마디에서는 묘한 관능미가 느껴졌지만, 팔뚝의 곡선은 무기질적인 요골橈骨과 척골尺骨의 윤곽 때문이 아니라 거칠고 강인한 근육의 질감에서 비롯된 것이었다. 그 곡선은 셔츠에 관능적인 주름을 새기고 있었다. 여름 동안 근육을 단련한 것일까. 그러나 여전히 그의 미소와 눈빛은 완벽하게 그대로였다. 나른하고 시큰둥한, 그럼에도 냉혹하다고 하기는 어렵고, 연민과도 무관한 그 정조. 그 완벽함에 반쯤은 안도하며, '연정을 자각하는 다섯 가지 조건'이라는 것도 호조의 평소 변덕처럼 기다리는 사람이 올 때까지 즐기는 심심풀이일 뿐이라고 생각하니, 어쩐지 어깨가 한결 가벼워지는 기분이 들었다.

"그래서 첫 번째는?"

"첫 번째는 '육감'이야."

육감. 귀에 익숙한 말은 아니지만, 의미는 알고 있었다. 요컨대 성적인 감각을 가리키는 말이다. 확실히 연정이란 성적인 행위나 성애적 감정을 피할 수 없기에 육감이 따르는 것도 사실이다.

"그렇군. 그 이유는?"

"해석은 네게 맡길게. 나는 그냥 전할 뿐이야."

하야미는 여전히 변함없는 호조를 보며 웃었다. 이건 어디까지나 심심풀이일 뿐이고, 내용도 한 소년의 무의미한 일반화와 법칙화에 지나지 않기에 진지하게 받아들이는 것 자체가 우스운 일이라고 하야미는 생각했다. 그리고 연정을 말하면서도 정작 많은 것을 말하지 않는 호조에게 하야미는 만족감을 느꼈다. 많은 사람들이 그렇듯이 필요 이상으로 말하지 않는 것은 필요한 말을 하는 것보다 훨씬 어려운 법이다.

육감이라는 단어의 어감 자체에 하야미는 글자 그대로 육감적인 느낌을 받았다. 연정을 품은 사람이 상대를 만질 때 생기는 쾌감이나 성적 자극은 모두 이 한 단어로 설명할 수 있다. 이 단어는, 시적으로 연정을 노래하는 모든 행위는 결국 성욕에 장식과 세공을 덧입힌 것에 지나지 않는다고 조롱하며, 모든 연모의 양상은 성욕의 얼룩이고, 연모하는 자의 몽매와 몰입은 뇌수 깊숙이까지 희뿌연 액체가 차올라 눈물조차 그것을 머금는 병이라고 단정한다. '육감'이란 단어는 이런 마력 같은 괴기스러움을 꽃받침 삼아 불타오르는 듯한 화관을 떠받치고 있는 것이다. 아름다운 표현이었다. 호조다운 성욕의 표현이었다. 하야미는 그렇게 생각하며 감탄했다.

"두 번째는 '관념'."

이건 통속적인 생각이라고 느꼈다. 즉 연모하는 사람이 상대에게 품는 고정적인 의식의 내용을 말하는 것이다. 구체적으로 관찰하지도 않은 채 이상적인 심상을 자기 머릿속에서만 만들어내는 연정의 자기중심성, 혹은 상대와의 성관계나 데이트를 머릿속에서 상상해 펼치는 망상 그 자체를 가리키는 말일 것이다.

정신적인 면이 강하군, 하야미는 그렇게 생각했다. 정신과 연정은 확실히 밀접해 있지만, 본래 연정이란 전적으로 정신에서 기인하는 것일까? 육체만으로 이루어진 연정, 육체에만 의존하는 관계, 사람들은 과연 그런 것도 연정이라고 부르는 것인가. 아니, 그것은 그냥 성욕일 뿐이다. 그렇다면 연정과 성욕의 경계는? 그것이야말로 관념이라는 것이다. 육감이 연정과 성욕을 동일시해 웃음거리로 만든다면, 관념은 그것들을 명확하게 구분한 다음 비웃음을 던지는 것이다. 정신적인 연정도 육체적인 연정도, 어느 쪽도 순수하지는 않다.

"꽤 재미있네. 세 번째는?"

"세 번째는……."

"아이스커피 나왔습니다."

"아, 감사합니다."

주문한 아이스커피가 나와서 호조의 말이 중단되었다. 감사하다고 말한 뒤, 하야미는 "그리고?"라고 물었다.

"세 번째는 '우연'이야." 호조는 변함없는 말투로 대답했다.

"하필 지금 아이스커피가 나오다니, 이것도 우연인가?"

"맞아. 정말 우연이지."

우연. 꽤 재미있는 요소라고 하야미는 생각했다. 우연히 같은 반이 된다거나, 외출한 곳에서 우연히 마주친다거나, 그런 편리한 우연을 운명이라고 부르고, 운명의 사람이라는 말도 있을 정도다. 그렇다면 우연이 연정을 만들어내고, 우연이 겹치고 겹치는 가운데 연정을 자각하는 경우도 분명히 있을 것이다. 애초에 사람은 우연히 만나게 되는 존재다. 누군가를 좋아하게 되는 일에도, 그 사람과 만날 기회가 생기려면 어느 정도의 우연은 반드시 필요하다. 그런 우연의 힘을 인정하면서도 하야미가 운명을 믿지 않는 것은 우연이라는 것이 완전할 수 없기 때문이다. 마찬가지로 방금 전에 말한 육감이나 관념처럼 의지적이고 인간의 선택이 개입된 것들 역시 신뢰하지 않는다. 원래 이 세상에는 완전히 선택 가능한 것도 없고, 온전히 운명이라 부를 수 있을 만큼 우연으로 가득한 일도 없다.

삶과 죽음의 문제도 마찬가지다. 애초에 태어나는 것에는 당사자의 의지도 의욕도 없다. 삶이란 것은 스스로 선택할 수 있는 게 아니다. 그렇다면 죽음은 어떨까. 자살이란 말의 어감만큼은 그럴싸하고 일본에는 할복이라는 문화가 있을 정도니, 죽음은 인간이 스스로 선택할 수 있는 일처럼 여겨진다. 그러나 자살에는 거기에 이르기까지의 경위가 있고, 그 모든 경위를 오롯이 스스로 선택했다고 말할 수는 없다. 그렇다고 해서 전혀 자신의 책임이 아니라고 할 수도 없다. 원래 산다는 것은 하야미에게 자업자득의 구현으로 생각되었다. 가혹한 말이지만 환희도 비애도 결국은 자신이 선택한 길 끝에 놓여 있었던 것이다. 걸어가는 길이 끊겨 있는 것도, 암벽에 막혀 있는 것도 그 길을 택한 것은 자기 자신이며, 책임도 자기에게 있다. 하지만 하야미의 그런 인식은 편견에 불과했다. 삶과 죽음은 완전한 자업자득이 아니다. 본디 인간에게 주어진 길은 무한하지 않다. 태어나는 순간부터 선택지는 제한되어 있으며, 사람은 그 안에서 최선을 모색하며 살아갈 수밖에 없다. 즉 완전한 자업자득, 완전한 선택, 완전한 운명, 이런 것들은 오직 운이나 재능, 노력 중 어느 하나로만 성립하는 사회처럼 원리적으로는 성립 불가능하다. 다만 무언가를 선택하려는 의지와, 선택의 불가능성을 보여주는 운명 사이의 균형만이 유일하게 확정되어 있으며, 그것만이 인간이 신뢰할 수 있는 완전한 사실이다. 그러니까 삶과 죽음의 문제에 절대라는 개념은 없으며, 사는 것도 죽는 것도 모두 상대적으로 성립되는 것이다.

평소에 늘 생각해오던 삶과 죽음의 문제와 본능적으로 꺼리던 연모의 문제 사이에 공통점이 있음을 느끼고, 한여름인데도 하야미는 오싹한 기분이 들었다. 어쩌면 사는 것과 죽는 것은 연모하는 것만큼이나 어리석은 일일지도 모른다. 하지만 그런 생각은 지금까지의 자기 자신을 깎아내리는 일 같아서 마음에 들지 않았다.

"우연이라. 그럼 네 번째는 뭐야?"

"네 번째는 '질투'야."

질투. 그것은 흔히 증오나 열등감의 씨앗이라고 생각할 수 있지만, 반드시 그렇다고 단정할 수는 없다. 자기 말고도 질투하는 사람이 있다는 사실만으로, 사람은 질투를 마치 공유 재산처럼 받아들이기 시작한다. 그렇게 해서 증오도 열등감도 인정받아야 할 감정, 존재하는 게 당연한 감정이라고 여긴다. 타인과 같아지고 싶고, 무엇인가를 함께 공유하고 싶다. 그리고 그 욕망에 죄책감이 섞여 있다면 오히려 더 좋다. 질투란 어쩌면 인간의 집단 심리에서 비롯된 원초적 감정, 남과 같은 전철을 밟는다는 안도감이나 행복감을 주는 감정이 아닐까. 왜 질투할까, 하야미는 생각했다. 질투를, 연정을 자각하는 한 요소로 분류하는 것은 쉽지만, 질투는 자신과 타인이 다르다는 사실을 증명해주는 감정이며, 자아가 약한 사람에게는 더욱더 의지할 수 있는 감정이 된다. 질투는 위험해 보이면서도 실은 가장 안전한 감정이기에 사람들은 너무나 쉽게 그것을 도피처로 삼고, 결국 그곳에 정착해버리고 만다. 질투를 잘만 다룬다면, 그것은 증오나 열등감이 아니라 안정을 끌어내는 감정이 될 수 있다. 원래 인간은 질투하는 존재다. 질투하기 때문에 오히려 자신의 욕망이 보이게 된다. 그 욕망이 보인다는 사실 자체가 안도감을 주며, 그것이 질투의 실용성이다. 그렇게 드러난 욕망이 연정의 형상을 띠고 있을지, 혹은 더 사악한 무엇일지는 그 사람에게 달려 있다.

이 이야기는 하야미에게 그다지 흥미롭지 않았다. 그는 보편적인 인간의 심리 따위에는 관심이 없었다. 질투하고 싶으면 하면 되고, 하기 싫으면 안 하면 그만이라고 단순하게 생각하고 있었다. 안정을 얻고 싶다, 행복해지고 싶다 라는 식의 살고자 하는 바람들이 살아가는 행위 자체를 오히려 복잡하게 만든다는 걸 하야미는 알고 있었다. 나는 나고 남은 남이다, 그렇게 딱 잘라 구분하기 때문에 질투는 질투로서의 외형을 유지하는 게 아닐까. 하야미는 문득 그런 의문이 들었지만 그리 대단한 의문도 아니었기에 곧 생각을 멈추었다.

"육감, 관념, 우연, 질투. 확실히 전부 그럴듯하네. 그럼 마지막 하나는 도대체 뭐야?"

"글쎄, 한번 맞혀봐."

천진난만한 말투 속에서 드러났다 숨었다 하는 호조의

아름다움에 하야미는 질투는커녕 황홀함을 느꼈다. 자신이 호조에게조차 질투를 느끼지 않는다는 사실은 그 자체로 하야미에게 안도의 증표가 되어주었다. 목이 말라 아이스커피를 한 모금 마셨다. 차가움과 쓴맛이 기분 좋았다. 한숨 돌리고 나서 '탐욕'이라고 대답했다.

"아니야." 호조가 차분한 목소리로 답했다.

"안심."

"아니야."

"투기."

"그건 거의 질투와 같은 말이잖아."

"그럼 맹신."

"좀 더 머리를 짜봐."

"의심."

"재미있네. 하긴 사람에게서 유일하게 신뢰할 수 있는 건 결국 의심이니까."

"멋진 말이네. 어디서 들은 거야?"

"내가 만든 말이야. 하야미, 넌 참 의심도 많네."

"그만큼 너를 믿는다는 뜻이야."

잠깐의 침묵이 분위기를 가라앉히자 호조는 "항복할

래?”라고 물었다.

“아~ 난 연모 같은 거 하지도 않을 거고 하고 싶지도 않으니까.”

“그럼 알려줄게. 다섯 번째는~”

그 순간, 뒤쪽 출입문에서 손님이 들어오는 벨이 울렸고, 호조가 막 말하려던 입을 다물고 그쪽을 향해 손을 흔들었다. 기다리던 사람이 온 것 같았다. 하야미는 고개를 돌려 문 쪽을 바라보았다.

그곳에는 야마나카 하루미가 서 있었다.

야마나카까지 함께 삼십 분 정도 대화를 나누었지만, 그 내용은 하나도 하야미의 머릿속에 들어오지 않았다. 그것은 야마나카가 호조 옆에 앉자마자 곧바로 내뱉은 말 때문이었다.

“사실 말이야, 우리 사귀기로 했어. 하야미 덕분에 이렇게 친해질 수 있었으니까 고맙다는 말을 꼭 하고 싶었어. 게다가 하야미는 의외로 둔하잖아. 서프라이즈 하면 재미있겠다 싶어서.”

감정이 정리되지 않아 하야미는 할 말을 잃었다. 뜻밖의 일에 멍하니 정신이 나간 상태라고 할 수 있었다. 호조에게 연인이 생긴 것이다. 그것도 하필이면 그 야마나카였다. 잡다한 감수성과 로맨스 영화 같은 상상력밖에 없는 여자다. 아니, 문제는 상대가 누구냐가 아니었다. 호조가 연정을 품었다는 것, 그게 문제였다.

누가 먼저 고백했는지, 언제부터 사귀기 시작했는지, 그런 질문을 해봐야 그 정보를 제대로 소화할 수 없었고, 그저 평정을 잃지 않은 척하는 데에만 신경을 쓰느라 정작 질문에 대한 대답은 귀에 들어오지도 않았다. 그런데도 이런 하야미의 속내를 두 사람이 눈치채지 못한 것은 평소에 하야미가 자신을 숨기며 살아온 습관 덕분이었다.

하지만 호조를 똑바로 바라보는 것만큼은 도저히 할 수 없었다. 조금 전까지의 그 미소, 그 눈빛이 지금 눈앞의 호조를 보고 나면 영원히 몽상으로 변해버릴 것만 같았다. 하야미 안에서 자라난 것은 그가 인식한 세계 속의 호조뿐이었다. 인식이란 이토록 허약한 것이었을까. 지금은 현실을 들여다보지 않고 있으므로, 몽상은 여전히 몽상인 채로 유지되고 있었다. 그러나 한 번이라도 현실을 들여다본다면 하야미가 인식한 세계는 순식간에 무너질 것이다.

인식을 통해 창조된 미는 하야미의 인식이 변화함에 따라 붕괴로 치닫게 될 수밖에 없는 취약한 것이었다.

그 후 셋이서 영화를 보러 가자고 했지만, 두 시간 뒤에 치과 예약이 있다며 거짓말을 하고 거절했다.

가게에서 나온 것은 오후 3시 반이었다. 태양은 여전히 찬연하게 빛나고 있었고, 거리를 지나는 사람들은 지친 기색이 역력했다. 머리가 묘하게 어지러운 것은, 가게 안의 청량한 공기와 달리 무게감이 느껴지는 여름의 열기 탓만이 아니었다.

"그럼, 치과 갈게."

"또 봐."

"바이 바~이."

하야미는 가게를 나와 왼쪽으로, 두 사람은 오른쪽으로 걸음을 옮겼다. 몇 걸음 걷다 멈춰 서서 하야미는 뒤돌아보았다. 청명한 여름 하늘 아래, 착 달라붙어 걸어가는 두 사람의 뒷모습은 오가는 인파에 섞여 이내 사라졌다. 그 시작과 끝을 하야미는 지켜보았다. 머릿속에서는 '연정을 자각하는 다섯 가지 조건'을 하나하나 되새기고 있었다.

육감, 관념, 우연, 질투, 그리고…….

“환멸”이라고 하야미는 중얼거렸다.

무언가를 탁하게 만들듯이 불어온 약한 바람에도 꺾일 듯한, 아주 작은 목소리였다.

하야미는 몸을 앞으로 돌려 역을 향해 걸음을 옮겼다. 걸으면 걸을수록 성에가 낀 아이스커피 글라스처럼 겨드랑이에서 땀이 솟아나 불쾌했다. 걸어가면서 하늘을 올려다보았다. 그때 처음으로 하야미는 자신에게 하늘을 올려다보는 버릇이 있다는 것을 깨달았다. 푸름으로 가득 차 있으면서도 어딘지 귀찮을 정도로 열정을 강매하는 듯한 거침없는 하늘은 단연코 8월의 하늘이었다. 아직 여름은 끝나지 않은 듯했다.

역에 도착해 개찰구를 빠져나와 전철에 올라타며 생각했다.

오늘은 집에 가면 먼저 손을 씻고, 입을 헹구고, 조금 공부를 하고 나서 저녁을 먹고, 샤워를 하고, 시시한 텔레비전이나 인터넷을 보고 나서 이를 닦고, 또 공부를 하고, 자정이 되기 전에 잠들자. 하지만 거울은 보지 않도록 조심해야 한다. 거기에는 틀림없이, 연정에 빠진 인간의 바보 같은 얼굴이 비칠 테니까.

7

____

환멸을 통해 비로소 하야미는 연정을 자각했다. 마음 속에서 그려온 환상의 존재를 단 한순간도 잊은 적은 없지만, 그럼에도 그것을 결코 환상이라고 생각하지 않았던 자기기만은, 환멸이라는 이름의 요물, 즉 모든 자기기만을 찌꺼기만 남겨 새벽빛에 적나라하게 드러내 구경거리로 만들어버리는 그 제멋대로인 힘에 의해 완전히 소멸해버렸기 때문이다. 꿈에서 깨어난 듯한 충격과 함께, 자신이 꿈을 꾸고 있었다는 희미하지만 확실한 사실에 대한 낙담이 하야미의 가슴에 돌처럼 떨어져 마음의 수면에 계속해서 파문을 남겼다.

8월은 아직 3주 이상 남아 있었지만, 외출할 마음은 들지 않았다. 미술부실에 가서 공모전을 위한 작품을 시작해 볼까도 생각했지만, 그곳에는 호조의 초상화가 있어서 발길이 내키지 않았다. 하야미의 심경은 나무 블록을 쌓아 올리며 노는 아이 같았다. 그토록 공들여 정성껏 쌓아 올린 노력을 한순간에, 그것도 자기 손으로 무너뜨리고 싶은 충동. 만약 지금 호조의 초상화를 본다면 무엇을 느낄까, 하고 하야미는 생각했다. 예상한 대로 파괴하고 싶어질까. 아니면 더욱 눈부시게 아름답다고 생각하게 될까. 혹은 무미건조함만을 맛보고, 완전한 미에 도전하는 활력이 꺾였다는 사실을 절절히 느끼게 될까. 직접 보기 전까지는 알 수 없겠지만, 그 어느 쪽도 자신이 바라는 완전한 미에 대한 도전의 결과, 즉 파멸이 아니라는 것은 분명했다. 파멸이란 절망이 아니다. 파멸은 희망이어야 한다. 완전한 미가 초래하는 파멸에는 더할 나위 없는 쾌락이 따를 터였다. 딱 그 형태에 밀착한 그림자처럼. 그날의 야마나카와 호조처럼.

하야미는 파멸에 대해서조차 환상을 품고 있었다. 그러

나 성㥔에 대해 생각하더라도 성의 존재 의미를 알지 못하는 많은 젊은이들과 마찬가지로, 하야미는 파멸의 관능적인 측면에 끌리고 있었지만, 파멸이 모든 것을 휘말리게 하는 이기적인 작용이라는 점에는 무지했다. 파멸로 인해 자신이 어떻게 변화할지조차 그는 예상해보지 않았다. 그렇기에 그가 파멸에 대해 품고 있는 상념이 사랑인지, 아니면 연정인지조차 분간할 수 없었다. 자신이 파멸을 바라는 것은 파멸 그 자체가 되고 싶어서인가, 아니면 예술가로서 단지 파멸을 보고 싶어서인가. 지금까지의 하야미라면 두 가지 모두를 예술가다운 바람으로, 미에 대한 선망으로 받아들였겠지만, 환멸을 알고 난 지금은 그렇게 쉽게 마음이 움직이지 않았다. 하지만 하야미는 일단 사랑과 연정의 차이에 대해서는 그럴듯한 기준을 갖고 있었다. 하야미에게 사랑과 연정은 마치 거울과 그 속에 숨어 있는 거울상의 관계처럼 명확한 차이가 있었다. 사랑이란 상대의 외면과 내면을 똑같이 존중하는 것이다. 그러나 연정은 사랑과 달리 부단히 성적 자극을 불러일으키는 상대의 관능적인 외면에서 출발한다. 미숙한 인식 능력으로는 알 수 없는 상대의 내면을, 젊음에서 비롯된 맹신과 성급한 단정으로 관능적인 환상으로 받아들이고, 그 환상의 내면을 외면에 마구 덧칠해 환상의 윤곽을 선명하게 함으로써 마치 자신이 상대의 외면과 내면을 똑같이 존중하고 있다고 착각하는 것이다. 거울 그 자체인가, 아니면 거울의 속성을 교묘히 이용하는 거울상인가.

그러한 발상 덕분에 지금까지 하야미는 연정을 경멸하며 살아올 수 있었다. 그러나 이제는 자신을 경멸하지 않으면 안 되게 되었다. 물론 예술가가 예술 자체가 될 수 없다는 사실도 절망적이지만, 그것이 가장 큰 문제는 아니었다. 가장 심각한 것은 경멸해야 할 것 속에 완전한 미가 포함되어 있다는 사실이었다. 아무리 숙고해봐도 의심할 여지가 없는 그 사실만이 확고히 남았다. 그 사실이 하야미에게는 절망이었다. 그것은 지금까지의 인식이, 미와 마주해 온 시간 전부가 부질없는 것이었음을 암시하고 있었다. 아무리 그리려고 해도 미동조차 하지 않던 현실 세계가 자신의 의지와는 무관하게 전개되고 있음을 하야미는 알게 되었다. 세계는 마치 천체 운동처럼 누구의 의지에도 따르지 않으며, 그저 질서에 따라 충실하게 계속 움직여갈 뿐이다. 어찌 이리도 뜻대로 되지 않는가. 어찌 이리도 불가능한가.

위대한 위인이라 해도 훗날 씌어지는 자신의 전기에 주석 하나 붙이지 못하듯, 하야미에게 호조의 아름다움은 모두 과거로, 과거로 흘러가버렸다.

과거로 흘러가 퇴적된 아름다움에 하야미는 이따금 눈 길을 주었다. 그것은 선명한 흙덩어리였다. 태양빛을 반사 하고, 반짝반짝 빛나기 위해 수분을 가득 머금은 진흙의 결정체였다. 그런 미의 추한 몰골을 마주할 때면, 하야미 는 호조를 만나는 것이 두려웠고, 그리고 있던 초상화를 보는 것만으로도 우울해졌다. 왜냐하면 거기에 있는 호조, 즉 현재 혹은 미래의 호조는 하야미가 쌓아온 과거의 퇴 적과 끊임없이 비교될 수밖에 없었고, 그 안에서 보려 하 지 않아도 결국은 분명한 과거의 잔영을 보게 되기 때문이 다. 그것은 하야미가 세속적인 사랑을 꺼리는 사고방식과 같은 뿌리를 두고 있었다. 하야미가 세속인에게 품는 경멸 은 어쩌면 두려움이라는 말로 바꿔 말할 수 있을 것이다. 그는 세상의 온갖 우매함 속에서 자신의 미래를 보게 될까 봐 두려웠다. 가엾은 노인을 젊은이가 비웃는 것은, 자신은 그 길을 걷지 않으리라는 교만과, 한편에서는 언젠가 추하 게 늙어가리라는 현실적인 공포 사이의 모순 때문이다. 하야미는 한때 자신이 경멸했던 바로 그 속된 인간들, 다시 말해 연정에 빠진 인간들 속에 자신이 섞여들고 있다는 사실이 두려웠다. 하지만 그보다 참을 수 없었던 것은 그날 두 사람의 뒷모습이 인파에 묻혀 사라졌듯이 호조마저도 연정이라는 속됨에 물들어간다는 사실이었다. 미래의 호조, 아직 확정되지 않은 호조를 바라보는 일은, 아름다웠던 과거가 아니라 더는 아름답지 않게 된 과거를 바라보는 것과 같았다.

무더운 여름밤에는 뒤척이는 횟수만큼이나 부질없는 생각이 늘어났다. 여름이 이상하리만치 길게 느껴졌다. 시간만 흘러가고, 생각은 시계추처럼 같은 자리만 오갔다. 하지만 시간이 흐르면 시계추의 진동도 멈추듯, 젊은 날의 고민도 결국 시간으로 해결되는 법이다. 그러나 하야미는 그렇게 되기를 바라지 않았다. 시간이 해결해줄 문제를 하야미는 시간에 맡기고 싶지 않았다. 시간의 악마 같은 작용에 의해 세상의 모든 것은 멈추지 않고 흘러간다. 시간이라는 질서! 그것은 모든 아름다움을 쇠퇴로 이끈다. 영원을 경시하며, 예술가의 존재를 미약하게 만든다. 그것을 인정하고 싶지 않다는 일관성이 하야미를 척추처럼 일관되게 떠받치고 있다면, 그가 지금껏 맞서온 것은 완전한 미가 아니라 오히려 시간과 쇠퇴였을지도 모른다. 시간은 인간이 살아가는 애매한 이유이면서도, 그 애매함을 그대로 품은 채 더할 나위 없이 정확한 실존의 형식으로 인간의 삶을 파고든다. 쇠퇴도 망각도 예술가가 살아 있는 한 일어나지 않아야 함에도 불구하고, 일어나지 않아야 한다는 그 사실이 끊임없이 모호한 예감을 불러일으킨다. 이미 한 번 겪은 것처럼 느껴지는 쇠퇴에 대한 불안의 징후는 그 자체가 불안으로 바뀌어버린다. 그런 환상적인 쇠퇴, 시간 속에 감춰진 망각을 하야미는 도무지 참을 수 없었다. 무엇이 남고 무엇이 지나가야 하는지를 결정짓는 것은, 시간의 의지가 아니라 예술가로서 자신의 의지, 즉 인식이었다. 고통과 기쁨에 대한 식상함, 감정의 둔화, 비애를 회피하려는 태도, 미의 퇴색 같은 시간의 폐해를 견딜 수 없었다. 게다가 이 모든 작용의 끝에 도달하는 망각이 지금 머릿속에 있는 모든 것을 과거로 만들어버리는 식의 '해결'보다는 지금의 정신 상태를 영원히 지속시키고 생각을 계속 이어감으로써 납득과 체념에 이르는 '결말'을 그는 원했다. 자신의 인식과 노력으로 절망과 결말을 짓고 싶었던 것이다.

하지만 하야미는 그리 강하지 못했다. 그는 시간의 노예였다. 같은 자리를 맴도는 생각은 날이 갈수록 무뎌졌다. 문득 떠오른, 의자에 앉아 미소 짓던 호조는 떠오른 그 순간엔 아름다웠지만, 그것이 이미 과거의 일임을 깨닫는 찰나에 색이 바랬다. 그러다 보면 몽상 속의 호조가 더 또렷하게 떠올라, 지금 연정에 빠진 호조와 헷갈릴 때도 있었다. 절망도 놀라움도 시간 앞에서는 쉽게 부패했다. 그렇게 환상과 환멸이 번갈아 오가는 가운데, 하야미는 인간의 감정과 시간의 관계성에서 어떤 진실을 엿본 듯한 기분이 들었다. 고민이 깊어질수록 언젠가 시간이 자신을 다시 일으켜줄 거라는 예감이 스치고 지나갔다. 그러나 실제로 마음이 조금씩 회복되어갈 무렵, 더 깊은 절망과 환멸이 예견되었다. 환멸이 도리어 환상의 화려함을 한층 더 증폭시켰던 것이다. 그리고 그것은 하야미가 스스로 선택한 환상도 환멸도 아니었다. 햇살이 비쳐 물방울을 떨어뜨리는 고드름처럼 시간의 흐름을 따라 조금씩 녹아내리는 감정이었다. 녹았다가 얼고 얼었다가 다시 녹는다. 그 반복이 습관이 되고, 습관은 사람에게 체념을 안겨준다. 자신의 것이라고 굳게 믿었던 감정이 실은 매우 타율적이었다는 사실을 자각하는 동시에, 그 사실에 아무런 슬픔도 느끼지 않게 된다. 그저 되풀이할 뿐이다. 환상을 품는 기쁨. 그날의 호조가 지녔던 수려함. 그저 그것을 떠올린다. 그리고 그 환상의 곁에는 분명 환멸의 그림자가 어른거린다. 연정에 빠진 인간의 어리숙하고 비루한 모습이 호조와 일직선상으로 연결된다. 그런 환멸 속에서 또다시 연정을 자각한다. 품는 순간 썩어버린 듯했던 감정이 모든 순간마다 생생하게 되살아난다. 그는 이제 감정이 논리적으로 작동하지 않는다는 진실을 논리적으로 이해해버리고 말았다. 그것이 더 괴로웠고, 감정은 너무 쉽게 흔들리거나 뒤바뀌고는 했다. 그저 반복되는 몽상과 환멸의 왕복은 마치 자위 행위와도 같았다. 자위에는 만족과 상실이 거의 동시에 일어나는 육욕의 생물적인 허무가 따르고, 인간은 그 허무를 예감하면서도 쾌락에 빠지기 위해 몰두한다. 평소에는 공리功利를 따지면서도 그것에 반하는 행동을 기꺼이 용인하는 자기모순, 그리고 생물로서의 욕망이 육체와 정신에 끼치는 영향. 어쩌면 사람들은 그것을 연정이라고 부를지도 모른다는 생각이 들었다.

하루 종일 생각을 거듭한 끝에 하야미는 인간의 육체는 정신을 담아내기에는 너무 비좁고 취약하다는 사실을 깨달았다. 육체는 정신을 제어할 수 없고, 끊임없이 정신에 뒤처졌다. 실연의 슬픔으로 눈물을 흘릴 즈음에 하야미는 이미 그 너머의 새로운 환상을 예감하고 있었다. 그리고 환멸이 몸을 덮칠 때에는, 눈물은 진즉에 말라 있었다. 육체는 어째서 감정을 이기지 못하는 것일까. 아무리 슬픔에 시달리고, 아무리 환멸에 짓눌려도 이 육체는 눈물만 흘릴 뿐이다. 눈물, 그것만이 육체가 내면의 세계를 외부 세계로 드러낼 수 있는 수단이다. 인간의 육체란, 아무리 몸이 찢어질 듯한 슬픔에도 찢어지지 않으며, 그저 눈물을 흘리는 것으로 만족한다. 하지만 그 눈물조차도 언젠가는 완전히 말라버린다. 만약 감정 자체에 척추가 돋아 있다면, 말 그대로 몸을 불태우는 것도 가능할 테고, 끊임없이 눈물을 흘리는 것도 가능할 것이다. 불타는 육체가 눈물로 계속 꺼지는 것이라면, 감정이란 본래 영원히 타올라야 마땅한 게 아닐까. 헤라클레이토스가 '만물의 근원은 불'이라고 설파한 것은 인간의 감정에 대해 말한 것이 아닐까, 하야미는 진지하게 그렇게 생각해보았다.

불합리하다고 할 수 있는 비극은 시간이 흐르면서 치유된다. 하지만 치유된 몸에 뚜렷이 남아 있는 화상의 흔적이나 이빨 자국을 보면, 환멸의 허무와 절망을 바라지 않으면서도 어쩐지 바라게 된다. 그것이 8월 한 달간 하야미 삶의 전부였다. 그러다가 전환점이 찾아왔다. 여름방학이 사흘밖에 남지 않았을 무렵, 한 친구가 그를 여름 축제에 부른 것이다. 그것은 그의 고등학교 근처 역에서 열리는 축제로, 매년 쏘아 올리는 불꽃놀이를 보러 다른 지역에서도 사람들이 찾아오곤 했다.

그렇게나 시간에 의존해 해결되는 것을 꺼리면서도, 반복되는 환상과 환멸에 감성은 날이 갈수록 무뎌졌고, 이제는 절망에 길들여질 정도로 실연의 아픔에 식상해진 하야미는 그의 권유를 두말없이 받아들였다.

뜻밖에도 너무 경솔하게 초대를 수락한 자신을 보며, 하야미는 이토록 금세 회복된 건가 싶어 내심 의아했다. 미가 상실되었는데도, 완전한 미에 대한 도전은 승부가 나기도 전에 도전 그 자체가 허공에 흩어져버렸는데도 말이다. 하야미는 자신이라는 인간의 윤곽을 바깥에서 바라보는 듯한 기분이 들었다. 차갑고 무정한 얇은 육체가 거기에 있다. 운동을 싫어하는 다리가 있다. 연정을 멀리 밀어두고 성욕은 가까기에 두고 있는 사타구니가 있다. 장기 따위가 있을까 의심스러울 만큼 가늘고 여윈 몸통이 있다. 편백나무 막대기처럼 양팔이 실에 매달린 듯 늘어져 있다. 그리고 얼굴은 늘 그렇듯 가면으로 덮여 있다. 자기 감정은 물론 자기 자신마저 밀어내고 그저 감추기만 하는, 냉랭한 취향을 가진 혐오스러운 가면이.

하야미가 너무도 쉽게 회복된 것처럼 보이는 것은 어쩌면 이 가면 때문인지도 모른다. 영어권에서 오래 산 일본인이 말년에 영어로 꿈을 꾸듯, 하야미 역시 스스로 인지하고 싶지 않은 감정을 외면해버리는 공허한 망상은 어느새 습관이 되어 있었다. 그리고 그것이 습관이 되어버린 탓에 이제는 그런 허망에 따르던 공허함조차 느껴지지 않게 되었다. 일생 동안 지속되는 거짓은 진실과 다르지 않다. 그렇기에 그는 자신을 그 허망 속에 정착시켰고, 허망이 곧 그의 거처이자 삶이 되었다. 자기 자신마저 속이는 거짓은 자신의 진실됨을 왜곡시키고, 습관화된 거짓은 마치 진실인 양 행동하기 시작한다. 그런 행위를 사람들은 흔히 '가면을 쓴다'라고 말하지만, 그 거짓의 가면을 스스로 쓰겠다고 나서는 이가 진짜 자신의 본모습이라면, 그 가면에도 어느 정도의 진실이 깃들어 있을지 모른다. 물론 그 본모습이 습관에 의해 왜곡되지 않는다고 전제해야 하고, 애초에 그런 본모습 같은 것이 정말로 존재하고 있다는 전제하의 이야기겠지만.

역에서 만나 곧바로 걸어서 축제장으로 향했다. 밤하늘은 어둡게 가라앉아 있었고, 구름 한 점 보이지 않았다. 그저 광활한 어둠만이 허공을 주체하지 못한 채 부유했고, 그 어둠을 걷어차듯 포장마차마다 눈부신 불빛이 번쩍이고 있었다. 거리를 가득 메운 인파를 비집고 지나가듯 오코노미야키와 타코야키 냄새가 사방으로 퍼져 나갔고, 밤공기조차 느껴지지 않을 만큼 주위는 온통 소란스러웠다.

"사내놈 넷이서 여름 축제라니, 나는 복도 지지리 없어."

모자를 쓴 친구가 야키소바 포장마차에 줄을 서 있다가 말했다.

"시끄럽고. 이런 건 부러워하면 지는 거야."

"이건 승부가 아니잖아, 승부가." 또 다른 친구가 끼어들었다.

"당연히 승부지. 어딜 봐도 커플들 천지인데, 이 열등감이 패배감이 아니면 뭐냐고."

"부러워하면 지는 거라고? 그건 어디까지나 네 생각이고. 혼자 덤벼들어서 혼자 지고, 혼자 삐지고, 헛소리 좀 작작해라."

"아, 짜증나. 하야미, 넌 어떻게 생각해?"

"……차라리 죽는 게 낫겠다."

"푸하하하, 그러게." "너무하잖아." "말이 심하네, 진짜."

쓸데없는 말을 주고받는 동안에는 이상한 생각이 들지 않았다. 머리를 쓰지 않아도 되었던 만큼 단순한 기분 전환에만 몰두할 수 있었던 것이다.

"아 참, 호조는 안 불렀어?"

호조라는 말에 하야미는 속으로 놀랐다. 아직도 자기 안에 생생한 감정이 남아 있다는 게 한심하게 느껴져 어이가 없었다.

"아마 여자친구랑 있을걸?"

"그래? 여자친구가 있었어?"

"자세히 묻진 않았는데, 그런 것 같더라고."

"의외네. 여자한테 관심 없을 줄 알았는데."

"그러게." 하야미는 적당히 맞장구를 쳤다.

야키소바와 꼬마 카스테라, 타코야키를 사 들고 네 사람은 하천 부지로 이동했다. 역에서 도보로 십 분 정도 떨어진 이곳은 불꽃놀이를 보기 위한 숨은 명당—숨은 명당이라고 하기에는 사람이 너무 많았지만—으로 알려져 있었다. 포장마차가 늘어선 대로변보다 공기는 한결 맑았지만, 사람은 여전히 많아서 여유롭게 음식을 먹을 분위기는 아니었다. 주변은 가로등 하나 없이 어두컴컴했다. 그저 수많은 사람들의 기대와 호기심이 실린 숨결, 흥건히 땀에 젖은 유카타와 셔츠에서 풍기는 열기만이 이곳에 사람이 있다는 것을 증명해주고 있었다.

네 사람은 경사가 완만한 둑 꼭대기에 나란히 섰다. 하야미가 손목시계를 확인한 순간, 하늘이 번쩍였다. 수많은 섬광이 하늘로 솟구치고, 동심원의 꽃들이 밤하늘에 피어나더니 곧 희미한 연기만이 남았고, 찬란한 빛줄기는 서서히 내려앉았다. 어떤 색이라고 딱 잘라 말할 수 없는 무수한 불꽃의 색이 꽃잎처럼 아른거리듯 피어오르는 불꽃놀이는 화려하게 터지고 사라지면서도 왠지 쓸쓸함을 남기며 몇 번이고 번쩍였다. 하야미는 불꽃놀이를 그다지 좋아하지 않았다. 찰나의 미에는 확실히 파멸이 스쳐 보이지만, 그것은 애초에 약속된 파멸이며, 마치 어린이용 런치 치킨 라이스에 꽂혀 있는 작은 깃발처럼 유치한 장치에 지나지 않는다는 생각을 지울 수 없었다.

아름답기는 했지만 지루했다. 불꽃이 터지는 굉음과 사람들의 감탄사가 아름다움을 방해하는 것처럼 느껴졌다. 화약 냄새조차 역겹게 느껴져, 하야미는 무심코 시선을 둑의 중턱 부근으로 옮겼다. 그대로 시선을 오른쪽으로 돌리자, 놀라운 광경이 눈에 들어왔다.

그곳에는 호조와 유카타를 입은 야마나카가 있었다. 호조의 옆얼굴은 불꽃의 색깔에 따라 조금씩 다른 빛을 띠었다. 그의 옆얼굴을 하야미는 오랜만에 본 듯한 기분이 들었다. 아름답다기보다 신성한, 어딘지 따분해 보이는 옆얼굴에서 개학식 날 보았던 그 옆얼굴의 정교한 아름다움이 떠올랐다. 과거는 순수한 아름다움으로 몽상되었다. 연정의 불결함을 알게 된 뒤에도 호조는 여전히 신성함 그대로였다. 하야미는 미와 신성은 다르다는 것을 깨달았다. 청결하지 않으면 아름답지 않지만, 청결하지 않아도 신성한 것이 이 세상에는 존재하는 것이다.

두 사람은 하야미가 있다는 것을 눈치채지 못한 듯했다. 그것을 확인해주기라도 하듯 몇 마디 말을 나눈 뒤 두 사람은 입을 맞추었다. 불꽃이 그 추한 장면을 드러냈지만, 밀착된 두 그림자는 인파 속에 묻혀 사라졌다. 그렇게 해서 감정은 지워진 채 육체만 남은 두 사람은, 마치 한 몸으로 얽힌 연리지처럼 보였다.

하야미는 자신이 아직도 연정에 빠져 있다는 사실을 깨달았다. 단물이 다 빠진 껌처럼 느껴졌던 환멸도 절망도, 바로 지금 입 안에서 터지는 게 혀끝에서 느껴졌다. 하지만 아무 맛도 나지 않았다. 여러 번 반복된 환상의 단맛과 환멸의 쓴맛이 미뢰를 지나치게 자극한 탓에 이제는 미각이 정상적인 기능을 잃어버렸다고 생각했다.

불꽃놀이는 끝났고, 주위는 시작 전보다 더 짙은 어둠과 정적에 잠겼다. 가장 가까이 있던 친구가 하야미에게 물었다.

"불꽃놀이가 그렇게 재밌었어?"

"왜?"

"너 지금 엄청 웃고 있어."

오른손으로 얼굴을 만져보니 확실히 웃고 있는 게 느껴

졌다. 자신도 미처 깨닫지 못한, 깨닫고 싶지 않은 그 마음 속에 소용돌이치는 시궁창 같은 감정을 그의 육체가 필사 적으로 감추려고 하는 것 같았다.

8

여름방학이 끝나자 호조와 마주칠 기회가 자연스레 늘
어났다. 솔직히 하야미는 이제 호조가 아름다운지 그렇지
않은지조차 가늠할 수 없게 되었다. 대화를 나누다 보면
아름답다고 느껴질 때도 있었다. 조심스러운 거절을 그 눈
빛에서 읽어낼 때도 있었다. 하지만 그것은 결코 인식만으
로는 영원할 수 없었고, 끊임없이 흐르고 변하는 폭포나
파도, 불과 같았다. 그것이 아름다움의 근간이었을 텐데,
하야미는 그런 존재의 불확정성을 이제는 더 이상 믿을 수

없게 되었다. 애초에 미란 믿을 만한 것일까. 미를 믿고 산다는 것은 되레 미를 가볍게 여기는 일일지도 몰랐다. 이해도 믿음도 원래 미에는 그런 것이 끼어들 여지가 없어야 했는데, 언젠가부터 그 틈을 허용하고 말았던 것은 다름 아닌 하야미 자신이었다. 미를 결코 믿지 않았기에 오히려 호조의 미는 최고의 경지였던 것이다. 생각하면 할수록, 호조와 만나면 만날수록 정답이 없는 자기모순에 빠져들고 예리했던 인식이 점점 흐려지는 듯했다.

그리고 호조를 아름답다고 생각하면 할수록 여름 축제에서 본 그 입맞춤이 뇌리에 선명히 되살아났다. 전혀 관능적으로 느껴지지 않는 그 입맞춤에 하야미는 구역질이 날 지경이었다. 더럽다. 불결하다. 그렇게 느꼈다. 마치 어젯밤 주정뱅이들이 이 세상에 토해낸 구토물이 아침 출근길의 햇빛에 그대로 드러나 빛이 반사되지 않을 만큼 바싹 말라붙었지만 다른 무엇보다 번들거리며 찝찝해 보이는 것처럼, 그 사실이 몹시 불쾌했다. 그런 불쾌감은 언제나 인간을 지배한다. 비가 내리거나 시간이 지나 그 구토물이 흔적도 없이 사라진다 해도 그 황토색의 불결함만은 눈꺼풀 뒤에 선명하게 남는다. 그래서 여름이든 겨울이든 그 길을 피해서 걷게 되는 것이다. 구토물이 사람의 갈 길을 막고, 일상적으로 길을 우회하게 만든다. 그런 식으로 절망은 늘 하야미의 삶에 그림자처럼 따라붙었다. 공부를 하거나 책을 읽다가 느끼는 다른 종류의 절망에서도 하야미는 그 곁에 환멸의 그늘이 스며들어 있는 것을 느꼈다. 끊임없이, 그리고 불현듯 절망은 하야미를 덮쳐 왔다. 몰아치는 온갖 절망들은 모두 같은 뿌리를 공유하고 있었고, 사람을 치어 죽인 차의 크기나 종류, 속도는 달라도 그 운전자가 모두 같은 사람이라는 식으로, 외형보다 그 안에 깃든 본질에 훨씬 더 정교하게 가공된 악의가 도사리고 있는 듯했다. 절망의 본질. 열매 속의 씨앗 같은 그 본질. 만약 씨앗 자체가 악이라면 미래는 필연적으로 악이 되는 것이 아닐까.

또다시 부질없는 생각에 빠져 있었다. 하야미는 반성했다. 그런 반성도 이제는 몇 번째인지조차 알 수 없었다. 내성적이면서도 계속해서 자신을 기만하는 성격만이 한결같이 고동치며 같은 리듬을 유지하고 있었다. 그런데도 마음에 시계가 있다면 자신의 시계는 더 이상 움직일 수 없다고 하야미는 믿었다. 언제부터 멈추기 시작한 걸까. 무엇이 움직임과 멈춤을 결정짓는가. 지금에 와서는 알 길이 없다.

다만 무감각하게 멈춰 있는 상태를 계속 유지하고 있었다. 멈춰 있는 그 자체를 운동처럼 묵묵히 이어가고 있었다.

혼자 있는 시간이 길어질수록 하야미는 자주 절망에 빠졌다. 또다시 절망이었다. 또다시 환멸이었다. 마치 끝없이 계속될 것만 같은 절망과 환멸이었다. 하야미는 절망 그 자체의 위력을 인정하는 것보다 절망의 맛에 익숙해지는 것이 견딜 수 없었다. 절망이 이토록 병적으로 괴롭힐 줄은 생각조차 못 했다. 괴롭힘을 당하면서도 속으로는 쓴웃음을 짓는 게 벌써 몇 번째인가. 거품처럼 떠올랐다가, 고여 있다가, 사라지는 것, 그것이 절망이었다. 그리고 환멸이란 오히려 환상을 더 찬란하게 만드는 극약이었다. 환멸이 지나간 후에 더 단단하게, 더 빈번하게 마음속에 환상이 피어난다면, 환멸이야말로 연정이라고 할 수 있지 않을까.

하야미는 아직도 사랑과 연정의 차이를 잘 알고 있다고 생각했다. 그에게 사랑은 공동의 환상을 키우는 것이고, 연정은 환상의 소유권을 오직 자기에게만 허락하는 것이다. 둘의 차이는 환상의 소유권에 있다. 사랑의 소유권은 두 사람 사이에 공유되지만, 연정의 소유권은 어느 한쪽만이 갖고 있다. 흔히 서로 마음이 통했다고 하지만, 사실은 각자가 자기만의 환상을 소유하고 있을 뿐이다. 겉보기에는 공유하는 것처럼 보여도 실상은 각자의 전유물일 뿐이다. 바로 그렇기에 하야미는 자신이 연정을 품고 있다는 사실에 주관적으로 절망하면서도 객관적으로는 절망의 윤곽을 좇으며, 호조와 야마나카의 입맞춤을 사랑이 아니라 연정이라고 단언할 수 있었다.

도무지 앞뒤가 맞지 않는 여러 생각들을 차라리 누군가에게 털어놓으면 모든 게 해결될까? 하지만 이런 말을 할 수 있는 친구라고 해봐야 야타니 선배뿐이고, 그나마 그는 미술부실에 오지도 않았다. 게다가 하야미가 야타니 선배에게 모든 걸 털어놓는다 한들 그가 해줄 수 있는 것은 구원도 해결도 아닌, 그저 시간을 때우는 정도일 뿐이라는 것을 하야미는 알고 있었다. 철학도 연애도 결국 시간이 남는 인간만이 할 수 있는 일이다.

미술부실에 혼자 있으면 그 한산한 분위기가 자신의 마음을 대변하는 듯해서 괜히 부담스러웠다. 다만 호조의 초상화만은 자신의 내면에서 태어났으면서도 자신과는 거리를 둔 멀고도 신성한 존재로서 그 자리에 있었다. 하야미는 거의 완성 단계에 접어든 그 그림을 바라보는 것이 두려웠지만, 실물을 봐도 아무 감흥 없이 있을 수 있는 자신에게 약간의 허영과 만족을 느꼈다. 그 감정은 예상했던 절망이 예상대로 실현되었을 때 느껴지는, 자신의 미래 예측력에 대한 자부심과 그로 인한 소소한 만족감과 비슷한 것이었다.

초상화를 집어 들었다. 오늘은 운동부의 함성이 들리지 않았고, 벽에 걸린 시계 초침 소리만 유독 크게 들린다. 달력을 본다. 오늘은 9월 10일. 9월의 달력에는 코스모스가 만발해 있다. 시계를 본다. 오후 5시 12분. 다시 초상화를 본다. 그 안에는 미동도 없는 차가운 눈빛이 있다. 또다시 시계를 본다.

그러고 있다 보니, 시계와 호조가 하나가 된 것 같은 기분이 들었다. 하야미가 믿고 있는 멈춰버린 시계란 어쩌면 호조일지도 몰랐다. 지금의 하야미에게 호조는 마치 멈춰버린 시계 같았다. 이미 시계로서의 의미도 존재도 상실해 가고 있지만, 하루에 두 번 정확한 시각을 가리키는 모습에서 한때 존재했던 분침과 시침의 리듬, 그 박동의 흔적을 느끼는 것처럼.

내일 호조를 미술부실로 부르자. 그때 이 초상화를 완

성하자. 파멸의 존귀한 얼굴을 나는 아직 본 적이 없다. 어쩌면 배알할 수 있을지도 모른다. 그것은 절망과 환멸, 어쩌면 여름 그날, 카페에서 집으로 돌아오던 내 얼굴과 똑같을지도 모른다. 그렇다면 그 얼굴을 그리자. 파멸의 쪼그라든 육체와 피부 결, 체온까지도 모두 캔버스에 담아내자.

이제 하야미는 절망을 손꼽아 기다릴 수밖에 없었다. 각오라고 부르기에는 너무도 여린 각오가 하야미의 주먹을 불끈 쥐게 했다.

9월 말로 다가온 수학여행에 대한 설명이 있었다. 비행기를 타고 아마미오시마에 가서 아마미 해양전시관을 견학한 후, 섬 내 호텔에서 하룻밤을 묵는다. 둘째 날은 조별로 움직이며, 오후 7시까지 호텔에만 돌아오면, 관광지를 둘러보거나 바다에서 수영하는 등 기본적으로 자유롭게 보낼 수 있다. 그 후 호텔에서 나제 항으로 이동해 전세 페리를 타고 선내에서 숙박하며 야쿠시마로 이동한다. 셋째 날은 야쿠시마에서 보내고, 넷째 날에 비행기를 타고 돌아온다. 이상이 3박 4일간의 수학여행 일정이었다.

하야미는 야쿠시마와 아마미오시마에 처음 가지만, 두

섬에 대해서는 자연과 바다의 이미지가 강하게 각인되어 있었다. 바다. 한때 하야미는 호조를 바다처럼 인식했다. 혹은 바닷가처럼. 지금 만약 자신이 호조와 정면으로 마주하게 된다면, 과연 무엇을 몽상하게 될까. 그것은 그 순간이 오기 전까지는 알 수 없다. 가족을 앗아간 바다를 호조가 맞닥뜨릴 때 그는 무엇을 생각하게 될까. 그것도 전혀 알 수 없었다.

그날 오후 하야미는 호조에게 미술부실에서 기다리겠다고 전했다. 가능하면 혼자 와달라는 말도 덧붙였다. 여름방학 전의 호조라면, 별다른 이유도 없이 약속을 어기고 자기가 오고 싶을 때만 미술부실에 왔겠지만, 지금의 호조는 아무런 망설임도 없이 수락했다. 하야미는 실망했다.

약속대로 호조는 혼자 미술부실에 왔다. 적당한 의자에 앉히고, 채색 준비를 한 뒤 붓을 들었다. 한 달이 넘어서야 하야미는 호조와 마주 앉았다. 그동안 대화는 아무렇지 않게 나누었지만, 이 아름다움에 압도되는 감각을 피부로 다시 느끼는 것은 오랜만이었다.

단아한 다리에 떠받쳐진 몸은 역시나 훌륭했다. 잘 발달된 어깨와 거칠면서도 우아한 두 팔은 조각처럼 차가운

안정감을 느끼게 했다. 얼굴은 눈부셨다. 자연의 곱고 아름다운 풍경을 떠오르게 하는 장엄한 이목구비였다. 얇은 입술과 곧은 콧날에 그 눈빛이 더해져 늘 우수가 감돌았다. 아무리 절망이나 환멸에 눈이 멀더라도 이 신성함만은 흔들림 없이 영원했다. 미와 신성의 경계가 이토록 흐릿하면서도 분명할 수 있을까. 마치 수평선을 바라보는 것 같았다. 하늘과 바다를 나누는, 그 느슨한 선을.

하야미가 채색을 계속할수록 호조가 연정에 빠져 있는 게 맞는지 의심스러울 정도로 아름답게 보였다. 어쩌면 그는 지금도 '바닷가' 같은 존재일지 모른다. 바다가 하늘빛을 반사해 푸른빛도 회색빛도 띠는 것처럼, 호조가 연정에 빠져 있다고 느낀 것도 하야미 자신의 자의식이 반사된 것에 불과할지도 모른다. 연정에서 비롯된 무의미하고 거침없고 무례한 공감이 절망의 정체인 것일까. 누군가의 눈동자를 깊이 들여다보면, 그 안에 비치는 것은 결국 자기 자신이다. 그것은 다름 아닌 자의식의 반영이다.

자의식. 호조의 초상화를 그리기 시작했을 때, 하야미는 자신이 관찰되고 있다는 호조의 자의식이 방해가 된다고 느꼈고, 야마나카에게 호조가 무관심한 태도를 유지할 수 있도록 도움을 요청했다. 생각해보면 그게 발단이었다. 하야미는 자의식조차 인식의 지배 아래 두었어야 했다. 무관심에 집착하지 말고 자의식을 인정했어야 했다. 그랬다면 지난여름 내내 이어진 절망은 존재하지 않았을 것이다. 하지만 하야미는 후회 따위는 하지 않았다. 자신이 보고 싶은 것만 보려 했던 나약함을 극복하거나 고치려고 생각하지도 않았다. 지금 현실 세계에 있는 호조는 하야미의 인식 세계에 있는 호조와 한없이 가까웠다. 그것은 두 호조 모두 하야미에게 무관심을 유지하고 있기 때문이었다. 이 초상화야말로 하야미에게는 호조의 전부였다. 그러니 단정하고, 담대하게, 마음 가는 대로 끝까지 그려내기만 하면 되었다. 절망도 환멸도 어차피 나중에야 따라붙는 것이다. 하야미는 지금 이 순간만큼은 그렇게 믿으며 붓을 놀렸다.

무관심의 아름다움은 이제 상실되었다. 그렇다면 적어도 이 순간만큼은, 이 순간만큼이라도, 어떤 환상도 환멸도 아닌, 단지 미를, 존재의 힘을, 인식의 증거가 되어줄 무언가를, 오직 그 하나만을, 오직 그 하나만을 갈망했다.

"잠깐 화장실 다녀올게."

"그래."

하야미는 자리를 비우고 화장실로 향했다. 볼일을 보고 싶은 게 아니라 자신을 서서히 갉아먹는 절망에서 벗어나고 싶었기 때문이었다. 아무리 논리를 들이대봐도 그 입맞춤이 너무나도 아른거렸다. 밀착된 두 사람의 뒷모습이 몹시도 아른거렸다. 하지만 이제 얼마 안 남았다. 조금만 더 버티면 그다음은 파멸이 나를 구해줄 것이다.

거울을 보았다. 식은땀이 이마를 흥건히 적시고 있었다.

바라기도 하고 두려워하기도 했던 절망이 눈앞에 펼쳐지고 사방에 퍼져 대지의 비탈을 덮을 만큼 차올라도, 하야미는 '아아, 이게 절망인가' 하고 중얼거리며 익숙한 가족의 얼굴을 바라보는 듯한 기분밖에 들지 않았다. 그저 천천히, 그렇지만 확실하게 절망하고 있었다. 이 정도의 절망이라면 견딜 수 있을 거라며, 하야미는 자신을 다독이고 화장실에서 나왔다.

미술부실 문이 조금 열려 있었다. 닫는 걸 깜빡했던 것 같다. 하야미는 그 틈으로 의자에 앉아 있는 호조를 엿보았다. 무관심의 꽃이 그곳에 피어 있었다. 그 꽃은 언젠가 열매를 맺을 것이다. 그 열매는 너무도 탐스럽게 익었으니,

재빨리 따 먹지 않으면 곧바로 썩고 말 것이다. 썩은 열매에서 드러난, 한때는 잠재되어 있던 씨앗은 과육의 수분을 머금어 윤기를 띠고, 언젠가 싹을 틔워 꽃을 피울 것이다. 영원이란 그런 것을 말하는 것일까. 아니면 지금 여기서 호조를 엿보는 것처럼, 열매를 베어 먹는 그 순간을 말하는 것일까.

하야미는 무의식중에 자신의 인식에 대한 인식이 변하고 있다는 사실을 깨달았다. 예전의 하야미에게 인식이란 현실을 '관측'하거나 '관찰'하는 것이었다. 하지만 어느새 그 환멸의 순간이었는지, 입맞춤의 순간이었는지 알 수는 없지만, '훔쳐보기'야말로 하야미의 인식을 대신하고 있었다. 상대에게 인식되지 않은 채 상대를 인식하는 것, 그것이 바로 지금 그가 하고 있는, 문틈으로 훔쳐보는 행위였다. 자신이 가면을 쓰고 싶어 하는 이유는 가면의 눈을 통해 항상 무언가를 '엿보고 싶었기' 때문인지도 모른다고, 하야미는 거의 확신에 가까운 생각을 떠올렸다.

"기다리게 했지? 곧 끝날 거야."

"그래."

하야미는 붓을 들었다. 완전한 미에 대한 도전도, 파멸

도, 연정도, 인식도, 아름다움도, 그 모든 것이 하찮게 느껴
졌다. 어쩌면 그렇게 느끼는 척하고 있는 것일지도 모르지
만, 어쨌든 하야미는 깨달음 끝에 일종의 체념을 얻은 기
분이었다. 그저 그려야 하니까 그릴 뿐이다. 구원도 결말도
이제는 환상일 뿐이다. 환상인 이상 그것을 바라는 순간부
터 이미 손에 넣을 수 없다는 것은 자명하다. 무언가를 얻
고 싶다면 되레 그것을 원하지 않아야 한다. 인간의 본질,
곧 없는 것을 바라는 마음은 그 소원이 이루어지는 순간
모순이 생긴다. 인간이 언제나 없는 것을 바라기만 한다면,
그것은 영원히 손에 넣을 수 없다는 것을 시사한다.

“있잖아, 호조.”

“왜?”

“왜 야마나카야?”

“왜라니?”

“야마나카랑 사귀게 된 이유 말이야.”

모든 게 다 상관없다고 말해놓고도 이런 질문을 하는
자신을 하야미는 이해할 수 없었다. 아마도 또다시 육체가
정신을 따라가지 못하고 있기 때문이라고 그는 생각했다.

물어보고 싶은 것은 또 있었다. ‘연정을 자각하는 다섯

가지 조건' 중 마지막 다섯 번째를 호조는 뭐라고 말하려 했던 걸까. 야마나카와의 입맞춤은 어땠을까. 수난 사고로 가족을 잃은 호조가 아마미오시마의 바다를 본다면, 무슨 생각을 할까. 하지만 막상 목소리가 되어 입 밖으로 나온 것은 세상에서 가장 시시한 질문이었다. 그렇지만 차라리 다행일지도 모른다. 가슴속에 숨겨둔 이런 질문들을 꺼낸다 한들 호조는 동요하는 기색도 없이 평소처럼 담담한 말투로 "기억 안 나. 잊어버렸어. 몰라" 하고 진심으로 대답할 것이다. 하지만 만약 그것과 다른 대답이 돌아온다면. 그때, 하야미는 분명…….

"글쎄, 왜일까."

"이유 같은 건 없는 거야?"

"글쎄, 없을지도 몰라."

하야미가 안도하며 입을 다물자 호조는 씩 웃었다.

"그런데 연정이란 원래 그런 거잖아."

또렷하게 들린 '연정'이라는 단어에 하야미는 깜짝 놀랐다. 하얗고 강렬한 그의 치아가 불꽃놀이보다 더 선명하게 눈에 남았다.

입 안에서 강렬한 쓴맛이 터져 나왔다. 불꽃놀이를 보

고 난 후 느꼈던 시궁창 같은 감정이 목구멍을 기어오르더니 입 안까지 치밀어 올라왔기 때문이었다.

"……그렇군. ……그렇지, 그렇지."

그 뒤 하야미의 기억은 흐릿했고, 정신을 차려보니 하루가 끝나 있었다. 단 하나 확실한 것은 그날 마침내 한 점의 초상화가 완성됐다는 사실이었다.

8월 초의 이야기다. 하야미가 호조에게 환멸을 느꼈을 무렵, 야타니는 입시 학원에 틀어박혀 있었다. 여름방학 특강에서는 오전 9시부터 오후 8시까지, 휴식 시간과 강평회를 제외하면 하루 아홉 시간 정도 그림을 그렸다. 강평회에서는 처참한 결과에 대해 날카로운 비평이 쏟아졌다. 육체적으로나 정신적으로 지쳐 나가떨어지는 이들도 많았다. 하지만 야타니는 애초에 불가능을 잘 알고 있었기에 호평에 기뻐하지도 비판에 풀이 죽지도 않는, 보기 드문 인간이었다.

"야타니는 정말 대단해."

시오라멘을 먹던 중 맞은편에 앉은 나나세가 말했다. 사귄 지 반년이 된 날 처음 온 뒤로 두 사람은 자주 이곳을 찾았다.

"대단하다니, 뭐가?"

"그게 말이야, 선생님이 되게 독하게 말했잖아. 그런데 넌 전혀 기죽지 않고 늘 당당해. 자기 주관이 확고하다고나 할까, 그런 게 멋져 보여."

작품이 칭찬받는 것은 좋지만, 별로 대단하지도 않은데 이런 칭찬을 받는 것은 야타니의 취향에 맞지 않았다. 예술가에게 요구되는 것은 작품이기에 자세나 정신 같은 걸 평가하려는 풍조를 야타니는 싫어했다. 작품과 작가를 투명한 벽으로 구분하는 야타니는 작품에 작가의 정신이 깃든다는 생각도 당연히 싫어했다. 작품이란 작가의 정신이 결정화되어 생겨나는 게 아니다. 정신이라고 부르기에는 덜 정제된 생각 하나가 문득 머릿속에 떠오르고, 그것을 기호화해 나타내는 것, 그것이 야타니가 생각하는 '작품'이었다. 작품과 작가의 관계란 그저 그 정도일 뿐이다. 베

개에 떨어진 머리카락의 길이가 제각각이듯, 잘라낸 손톱의 크기가 지난주와 같지 않듯, 아무런 아름다움도, 아무런 주장도 필요 없이 단지 거기에 존재할 뿐인 사물의 적당한 상태를 가능한 한 객관적이고 정성스럽게 그리는 것. 자기표현도 아니고 관찰도 아닌, 사상이 없는 존재 자체의 구현. 의의도 의미도 없는 허무한 미의 원초적 형태. 아무런 설명도 필요 없는 완성형. 바로 그것이 야타니가 선호하는 취향의 예술이다. 다만 그 편중된 취향은 예술가는 결코 예술이 될 수 없다는 야타니의 지론에 뿌리를 두고 있었다. 인간이 예술이 되려면 어쩔 수 없이 인위적인 공정을 거칠 수밖에 없고, 인위적인 예술에는 예술적인 의도가 반드시 더해져야 한다. 하지만 자기 자신에게 그것을 더하려 할 때 생기는 가식은 아무리 교묘하게 숨긴다 해도 야타니의 눈에는 뚜렷이 보였다. 예술적인 삶을 지향하는 순간, 그 예술가는 예술로부터 거부당하는 것이다.

그런 그가 자신을 '예술가'라는 하나의 작품으로서 평가하는 것을 허용하는 유일한 상대는 하야미뿐이었다. 스스럼없으면서도 존중을 잃지 않고 서로를 허용하는 것. 그것이 두 사람의 소박한 우정이었다.

"그런 거였어? 별로 대단한 건 아니야."

"아니, 대단해."

"그냥 귀찮은 건 질색이라 이것저것 신경 안 쓰는 것뿐이야."

"그게 대단한 거야, 신경 안 쓰는 거."

나나세는 웃고 있었다. 그녀는 예쁜 얼굴을 하고 있었다. 가지런한 눈썹에 눈동자는 늘 맑았고, 코도 적당히 오똑했다. 피부 결이 고운 하얀 볼은 순진한 젊음을 드러냈고, 입술은 은은하게 붉었다. 그렇게 단순한 회화처럼 그리기 좋은 아름다움이 그녀의 얼굴에는 넘쳐났다.

"대단하다고 할 거면, 그림에다 해주면 좋겠어."

"작품은 잘 모르겠어. 난 그림 볼 줄 모르잖아. 미술관에 가도 뭐가 뭔지 하나도 모르겠고."

자신의 무지나 결점을 적나라하게 드러내놓고 말하는 것, 그게 젊음의 짜증 나는 점이다. 그리고 젊음을 잃어버리면, 사람들은 모르는 걸 아는 척하거나, 더 이상 아는 척하는 것에도 질리게 되고, 이제는 아는 것조차 모르는 척하게 된다. 그러는 동안에 사람은 나이를 먹고, 망각하고, 결국 무엇 하나 기억하지 못하게 되고, 아무것도 기억하려

하지 않게 된다.

"그래. 그럼 다음엔 같이 미술관에라도 가자."

"정말? 가고 싶어. 설명해줄 거야?"

"시대 배경이나, 작가 본인이 말했든 평론가가 말했든 거기서 거기인 작품의 의미 같은 것은 설명 못 해도 구도나 색채 감각 같은 것은 공부한 입장에서 얘기해줄 수 있어."

"고마워, 기대할게."

나나세는 잘 웃었다. 귀엽군, 야타니는 그렇게 생각하며 면발을 후루룩 삼켰다.

"맞다. 오늘 강평회에서 타나하시가 그린 그림 말이야. 정말 대단했어. 그 친구 그림 실력은 말이 안 될 정도더라."

"난 싫던데. 왠지 음침해."

그렇게 말하며 나나세는 노골적으로 얼굴을 찌푸렸다. 음식점에서 그런 표정을 짓는 것은 대개 음식이 맛없을 때나 하는 법이라, 야타니는 순간 자기 앞의 라멘이 맛이 없어진 것 같은 착각이 들었다.

"그런 얼굴 하지 마. 음침하긴 했지만, 그건 세련되게 표현된 음침함이었잖아. 그 친구 그림이 좋든 싫든 표현력이 뛰어난 그림이라는 사실은 부정할 수 없어."

“그래도 그런 여자가 그린 그림 따위 난 관심 없어.”

대부분의 사람이 ‘관심 없다’라고 굳이 말할 때는 사실은 관심 있는 것을 관심 없다고 생각하고 싶어서다. 하지만 나나세는 그 사실을 자각하지 못하는 듯했다. 그리고 그 말이 이번에는 야타니를 불쾌하게 만들었다.

“타나하시와 타나하시의 작품은 별개야. 인간은 일관성이 없어도 상관없지만, 작품은 완성된 순간 시간이 멈추기 때문에 일관성을 갖게 돼. 하지만 사람과 작품을 하나로 보게 되면, 작품의 일관성은 순식간에 망쳐지고, 지나치게 인간적인 냄새가 배게 돼. 그건 정말 어리석은 관점이야. 그러니까 타나하시를 싫어한다고 해서 그녀의 작품을 깎아내리는 건 어리석은 논리야.”

“작품도 보는 사람에 따라 느낌이 달라지니까 일관성 같은 거 없잖아. 네가 화가 지망생이어서 다행이야. 만약 소설가 지망생이라면 그런 생각은 버려야 해.”

“왜?”

“그건 말이야, 네가 쓰는 이야기는 재미없을 것 같아서야. 시대니 의미니 다 무시하고 독선적인 미만 추구한다면, 네가 쓴 건 소설이 아니라 서정시일 거야.”

나나세가 의도하고 한 말인지는 알 수 없지만, 가끔은 정곡을 찌르는 비평을 던질 때가 있었다. 그러나 야타니 역시 그 비평을 새겨듣긴 했지만, 별로 신경 쓰지는 않았다.

“제법 핵심을 찔렀네. 네 말대로 나한텐 글 쓰는 재능이 없는 거겠지.”

“그 대신 그림 재능은 최고잖아.”

“타나하시도 그래.”

나나세는 다시 얼굴을 찡그렸다.

“이제 그만해. 하여튼 싫어, 그 여자.”

나나세와 사귀고 나서 논리가 아닌 감정으로밖에 해결할 수 없는 일들이 많아졌다고 야타니는 느꼈다. 눈물로 해결될 것 같은 문제라면 차라리 해결되지 않는 게 나았다.

“그런데 왜 그렇게까지 싫은 거야?”

“……왜냐하면 걔가 너를 좋아하잖아.”

뜻밖의 반응에 순간 몸이 굳어졌지만, 전혀 동요하지 않은 야타니는 “왜?”라고 곧장 물었다.

“저번에 너랑 같이 입시 학원에 왔을 때도 얼굴이 빨개져 있었고, 석고 데생할 때도 꼭 네 바로 뒤나 옆에 앉더라고. 게다가…….”

"게다가?"

"게다가 지난번 야간 수업이 끝나고 집에 가려다가 우연히 떨어진 스케치북을 봤거든. 이름도 확인 안 하고 펼쳐봤더니, 네 초상화를 닮은 그림이 잔뜩 그려져 있었어. 그런데 너무 끔찍했어. 진짜 악취미야. 나이프로 잘려 있거나, 한쪽 눈이 없거나, 죽은 것은 아닌데 죽는 것보다 더 괴로워 보이는 그림들이었어.

그 스케치북, 이름을 확인해보니 타나하시 미호였어. 다음 날 개한테 돌려줬더니 표정 하나 안 바꾸고 '고마워' 이러더라. 진짜 무서웠어."

"그랬군."

이 일련의 이야기를 야타니는 마치 남의 일처럼 들었다. 시선을 라멘 그릇으로 돌려 얼마 남지 않은 면발을 삼키자, 나나세가 자기 생각을 마치 대단한 발명이라도 되는 듯한 말투로 말했다.

"그래, 타나하시 혼내주자."

"혼내주자고?"

쓸데없는 짓이라고 생각했지만, 그런 말을 해봤자 아무 소용도 없다는 걸 알고 있었기에 야타니는 입을 다물고 나나세의 말을 기다렸다.

“그래, 혼내주자고. 걔는 널 좋아하니까 네가 조금만 다가가도 바로 넘어올 거야. 잠깐이면 돼. 같이 데이트도 좀 하면서 네가 자기를 좋아한다고 착각하게 만든 다음, 걔가 고백하면 확 차버리는 거야. 혹시라도 걔가 널 다치게 하면 상해죄로 고소하면 되고. 그건 걔가 잘못한 거니까 어쩔 수 없지.”

“그거 다 즉흥적으로 생각해낸 거지?”

“뭐, 그렇긴 해. 잠깐이면 돼. 그럼 걔도 널 포기할 거야.”

야타니는 아무 말도 하지 않았다. 망설여서가 아니라 그냥 너무 어이가 없을 뿐이었다. 하지만 딱히 거절할 이유도 없었고, 아름다운 그림을 그리는 타나하시와 좀 더 친해지고 싶기도 해서 “알았다”고 대답하려는 순간, “아, 역시 안 되겠어”라며 나나세가 말을 가로막았다.

“왜?”

“걔, 너를 죽일지도 몰라.”

“하하하, 설마. 내가 말했잖아, 작품과 작가는 별개야. 혼동하면 안 돼.”

“혼나는 쪽은 너일지도 몰라.”

"물리적으로 말이야? 됐어. 해보자. 타나하시랑 친해져
서 걔가 고백하면 그때 차버리면 되는 거지?"

"정말 괜찮겠어? 신경 쓰이지 않아?"

"내가 남을 신경 쓴다고?"

야타니가 웃었고, 나나세도 호응하듯이 웃었다. 고백을
했다가 차였을 때나 이런 허술한 계획이 들통났을 때, 상
대가 원망하다 못해 자기를 죽이려 들지도 모른다는 것을
나나세는 전혀 고려하지 않았다. 그런 즉흥적인 면이 야타
니는 마음에 들었다.

라멘을 다 먹고 나서 야타니는 지갑을 꺼냈다. 나나세는
잔돈이 있었는지 이번에는 둘 다 딱 맞는 라멘 값을 낼 수
있었다.

8월의 짙은 여름밤, 귀가하면서 두 사람은 나란히 걸었
다. 무겁게 내려앉은 공기를 헤치며, 가로등 불빛에 의지하
며 길을 따라갔다.

"그래도 다행이야."

"타나하시 얘기야?"

"아니. 넌 원래 미소라멘파였는데, 지금은 완전 시오라
멘파가 됐잖아. 역시 취향이 같아지는 건 기분 좋거든."

좀 전에 야타니를 '자기 주관이 확고하다'고 말했던 것을 나나세는 이미 잊은 듯했다. 마찬가지로 야타니도 자신이 원래는 미소라멘파였다는 걸 그녀가 말해주기 전까지는 까맣게 잊고 있었다.

그날 이후 야타니는 타나하시에게 적극적으로 말을 걸었다. 주로 그림에 관한 것이었지만, 점차 취미나 사생활, 전날 저녁 메뉴 같은 사소한 이야기들도 나누게 되었다. 타나하시는 처음에는 얼굴을 붉히며 대답도 짧게 했지만, 점차 대화다운 대화를 할 수 있게 되었다.

그렇게 며칠이 지나고, 8월 말쯤 야타니와 타나하시는 여름 축제에 함께 가기로 했다. 원래는 나나세와 함께 가려고 했지만, 타나하시가 좀처럼 고백할 기미를 보이지 않아 계획은 예상보다 길어지고 있었다.

오후 6시 반, 억에서 만난 두 사람은 휘황찬란한 포장마차들이 늘어선 큰길로 향했다. 도착해 보니, 그곳은 끊임없이 뭔가를 굽는 냄새와 옅은 연기, 싸구려 조명 빛에 잠식당한 어둠 속을 오가는 사람들로 붐볐다.

평소와 달리 타나하시는 밝아 보였다. 유카타 같은 걸

즐기는 취향은 아니었지만, 그래도 자신의 큰 키에 어울리는 옷차림을 하고 있었다. 그 천진한 모습으로, 인파에 지친 야타니의 손을 잡고 사격 게임장이며 빙수 가게로 이끌었다. 그리고 야키소바와 사과 사탕을 사서 조금 한적한 곳에 자리를 잡고 먹고 나니, 어느새 시간은 밤 8시가 지나 있었다.

"8시 반부터 불꽃놀이가 시작된대."

"그래, 재밌겠네."

타나하시는 미소 지었다. 하지만 웃을 때마다 얼굴은 더 추해 보였다. 짧고 굵은 눈썹, 크지도 작지도 않은 눈, 움푹 들어간 볼, 형태가 별로 아름답지 않은 귀. 입술은 뭔가 불만스러운 듯 튀어나왔는데, 결정적인 것은 코였다. 코가 얼굴 전체의 균형을 무너뜨리고 있었다. 위로 들린 낮은 코는 거만해 보였고, 이마의 형태 탓에 정면에서 콧구멍이 보였는데, 그것이 유독 거슬렸다. 하지만 머릿결만큼은 아름다웠다. 길고, 검고, 윤기 나는 그 머리는 언제나 꽃 내음 같은 향기를 풍겼다.

잠시 침묵이 흘렀다. 적막한 공기가 주변을 점령하자 타나하시는 야타니의 얼굴을 빤히 쳐다보았다.

야타니의 얼굴은 특별히 눈에 띌 만한 특징이 없었다. 이마도, 눈썹도, 눈도, 코도, 입술도, 뺨도, 귀도, 얼굴의 윤곽도, 그의 이목구비 하나하나에는 어떤 사상도 깃들어 있지 않았다. 다만 사상이 없는 부분 부분이 마치 태양계의 행성들이 그러하듯 인간을 초월한 어떤 질서로 정돈되어 있었기에, 얼굴 전체는 어딘지 알 수 없는 사상을 띠고 있는 것처럼 느껴졌다. 요컨대 그는 흔히 말하는 균형 잡힌 얼굴을 하고 있었다.

자신의 얼굴을 바라보는 시선을 본의 아니게 감지한 야타니는 괴로워 보이는 그 시선을 조금이라도 편안하게 해주고 싶어 엉뚱한 방향으로 시선을 돌렸다.

그러자 두 사람보다 조금 나이가 많아 보이는 남자 다섯 명과 눈이 마주쳤고, 그 무리가 이쪽을 향해 다가왔다.

"어이, 형씨, 돈 좀 있나? 내가 지갑을 잃어버려서 말이야."

"맞아, 애 좀 불쌍하지? 좀 보태주라고."

어른스러운 얼굴의 야타니와 키가 큰 타나하시는 그들보다 약간 연상으로 보인 모양이었다. 그래도 개의치 않고 말은 빙 돌려 하면서도 결코 거절은 허락하지 않겠다는 위압적인 그들의 눈빛은 야타니에게는 타나하시보다 훨씬 더 추하게 보였다.

그 젊은이들은 하나같이 어딘가 모자라 보였다. 종일 허무에 시달리면서도 그것을 자각하지 않기 위해 젊음과 희망을 필요 이상으로 과시하고, 정신적인 나약함이나 병적인 번민을 서로 털어놓고 싶어 안달하는 곰팡내 나는 또 다른 무리에게 지지 않으려고 자기 몸에서 나는 곰팡내를 세상에 뿌리듯 소리치는 것으로 허무를 해소하려는 자들. 인생에 의미나 목적이 있다고 막연히 믿으면서도 대부분의 인간 존재에게는 태생적으로 의미나 목적 따위가 털끝만큼도 없다는 사실을 자각하지도 못한 채 공부도 싫어하고 노력도 하지 않는 한심한 자들. 뭔가를 혐오함으로써 특별해질 수 있다고 진심으로 믿고 있는 그 눈빛에 본인들조차 자각하지 못하는 자기혐오가 깃들어 있는 것을 야타니는 장황하고 비꼬는 말로 설명해줄까도 생각했지만, 도무지 내키지 않아서 그만두었다.

"뭐야, 지금 무시하냐?"

"너, 나대지 마라."

"됐고, 돈이나 내놔."

야타니는 그들을 무시했다. 얻어맞을 수도 있겠다고 생
각했지만, 손과 눈만 무사하면 그림은 그릴 수 있을 테니
어떻게든 되겠지 싶었다.

"쳇, 까불지 마라. 이런 폭탄 데리고 아무렇지도 않은가
보네?"

한 녀석이 그렇게 말하자, 자아라고 부를 만한 주체성도
없는 나머지 녀석들이 일제히 타나하시의 얼굴을 빤히 보
며 그 추함을 두고 입을 모아 조롱했다.

"우와, 비버처럼 생겼어."

"잘도 이런 애를 여자친구로 삼았군. 얘한테 흥분이 되
냐?"

"역겨워."

"무슨 벌칙 게임이라도 하냐?"

타나하시는 야타니와 마찬가지로 잠자코 있었다. 자신
과 타나하시가 조롱당하는 것에 야타니는 조금도 화가 나
지 않았다. 그렇다고 그들이 가장 싫어할 연민의 감정이 생
긴 것도 아니었다.

그저 차분하고 대범하게 눈앞에 펼쳐진 인형극 같은 유
치하고 우스꽝스러운 분노를 바라보다가, 따분한 영화 중

간에 시계를 들여다보듯이 시간을 확인했다.

"야, 계속 무시할 거야?"

"슬슬 시작해볼까……."

야타니가 나직이 내뱉은 말에 상대 녀석이 입을 다물었다. 어이없고 이해할 수 없다는 표정을 짓고 있던 그 순간, 그들의 뒤쪽에서 화려한 불빛이 번쩍였고 이어서 굉음이 울려 퍼졌다. 수많은 불꽃이 일제히 밤하늘에 솟구쳤다.

그 찰나 야타니는 타나하시의 손을 붙잡고 뛰기 시작했다. 몇 초 늦게 욕설이 뒤섞인 고함소리가 울려 퍼졌지만, 터졌다 사라지는 불꽃놀이의 생명 같은 소리에 파묻혀 금세 사라졌다. 누군가 쫓아오는 기색은 전혀 없었다. 심심풀이로 시비를 거는 녀석들이니 의지를 갖고 누군가를 쫓는 일 따위는 하지 않을 게 자명했다.

한참을 뛰다가 가로등이 드문드문 비치는 어두운 골목에 들어서자 야타니는 잡은 손을 놓았다.

숨을 헐떡이면서 타나하시를 쳐다보았다. 무릎에 손을 얹고 숨을 고르는 그녀의 모습은 그 녀석들의 조롱과 다르지 않게 추했다.

"미안, 괜찮아?"

“……응.”

“여기선 불꽃놀이도 잘 안 보일 거야. 오늘은 그만 돌아가자.”

야타니가 휴대폰을 꺼내 지나온 길을 다시 가지 않고 역으로 가는 길을 찾으려 하자 타나하시가 그의 손을 잡아 제지했다. 야타니는 흠칫하지도 않고 조금 전 잡았던 손이라고는 믿기 어려울 만큼 온기가 느껴지는 하얀 손의 감촉을 음미했다.

“왜 그래?”

“……우리 집, 이 근처야. 아빠는 혼자 지방에 근무하시고, 엄마는 오늘 야간 근무거든…….”

침묵이 다시 분위기를 압도했지만, 곧 깨졌다.

“그래서?”

“그러니까…… 우리 집에 갈래?”

아파트의 방 하나는 이상하리만치 잘 정돈돼 있었다. 거실은 확실히 청결했고, 그 사이사이로 생활의 흔적이 엿보였지만, 타나하시의 방은 인간의 삶과는 거리가 먼, 뭔가 신성한 인간적인 그림자가 머무는 거처 같았다.

책상과 침대 말고는 눈에 띄는 가구가 없었고, 그 두 가지는 눈부실 정도로 새하얬다. 이 공간에 있는 자신이 하나의 작은 얼룩처럼 느껴진 야타니는 불안한 기색으로 우두커니 서 있었다.

"편하게 앉아. 침대에 앉아도 괜찮아."

"응."

"뭐 좀 만들어 올게"

"됐어. 아까 야키소바 먹었잖아."

"그래, 그럼. 나도 배 안 고프니까."

그렇게 말하며 타나하시는 방에 남았다.

야타니는 정적을 좋아했지만, 타나하시는 그렇지 않은 듯했다. 불쑥 말을 꺼내 짧게 묻고 답하다가 다시 입을 다물고는 했다. 그게 오히려 정적을 더 부각시켰다. 말을 할 때 얼굴이 붉어지는 것은 이해할 수 있었지만, 방에 들어왔을 때부터 아무 말도 없이 자주 얼굴을 붉히는 것은 야타니에게는 이해되지 않았다.

"땀이 나서 씻고 올까 해."

"그래, 다녀와."

그윽한 정적의 향기가 두 차례 스치고 지나간 뒤에 타나하시는 방을 나섰다. 몇 개의 문과 복도를 사이에 두고 물줄기가 몸에 튕겨 계속 흘러내리는 소리가 희미하게 들려왔다.

야타니는 문득 일어섰다. 그냥 심심했기 때문이었다. 책상 쪽을 보니 스케치북 한 권이 놓여 있었다. 타나하시 미호라고 정갈한 글씨로 씌어 있었다.

야타니는 그것을 집어 들고 아무런 감정 없이 한 장씩 넘겼다.

거기에는 분명히 자신의 모습이 있었다. 얼굴에는 상처 하나 없지만, 등과 배에는 비참한 흉터들이 한 줄 한 줄 겹치듯 그려져 있었다. 교묘하게 계산된 위치에 찢긴 상처라고 야타니는 생각했다. 모두 연필화였지만, 예리한 칼로 피부를 그은 뒤 몇 주 혹은 몇 개월쯤 지나 포도색으로 멍든 상처들이 선명하게 보였다.

다음 장에는 한쪽 눈이 없는 자신이 그려져 있었다. 도려낸 안구를 오른손의 엄지와 검지, 중지로 쥐고, 원래 안구가 있던 텅 빈 구멍에서 뚝뚝 떨어지는 피를, 장난스러운 미소를 지으며 혀로 핥고 있었다.

그다음 장을 넘기자, 거기에는 알몸의 자신이 있었고,

배를 갈라 흘러나온 내장을 흘러내리지 않도록 양손으로 떠받치고 있는 모습이 매우 사실적으로 묘사돼 있었다. 바깥 공기에 노출됐으나 여전히 신체 내부에 있었을 때의 온기를 간직한 채 평소에는 의식조차 하지 못했던 무게감을 강제로 자각하게 만드는 묘한 저항감을 가진 내장의 질감이 마치 석양처럼 두려울 만큼 맑은 공간에 자리 잡고 있었다.

책상 옆에 서서 보고 있던 스케치북을 이번에는 의자에 앉아서 보았다. 다시 일어나서 보았다. 방 안을 돌아다니면서 보았다. 멈춰 서서 보았다. 침대에 앉아서 보았다. 침대에 누워서 보았다. 일어났다가 다시 침대에 앉아서 보았다.

갑자기 문이 열렸다. 야타니는 그제야 자신이 꽤 오랜 시간을 그림 감상에 소비했다는 것을 알아차렸다. 그는 당황하지도, 주눅이 들지도, 두려워하지도 않고, 여느 때의 담담한 얼굴로 파자마 차림의 타나하시를 바라보았다.

"봤어, 그거?"

조금도 놀란 기색 없이 묻는 타나하시의 태도에 오히려 야타니가 놀랐다.

"응, 봤어."

“그래.”

야타니는 앉은 채로,

“나를 이 그림처럼 만들고 싶은 거야?”

라고, 스스로도 그런 질문을 할 거라고 생각지 못했던 말을 내뱉었다.

“아니, 그림은 그냥 그림일 뿐이야. 실제로 그러고 싶다는 건 전혀 아냐.”

타나하시는 웃었다. 추한 얼굴이 한층 더 추해졌고, 야타니는 그 모습을 도저히 예쁘다고 생각할 수 없었다.

“왜 내가 그런 그림을 그린 것 같아?”

“아름다워서겠지.”

타나하시를 바라보며 주저 없이 대답한 야타니에게 그녀는 만족한 듯 고개를 끄덕였다. 서로의 시선이 마주친 것은 이때가 처음일지도 몰랐다. 둘은 잠시 서로에게 미소를 지었고, 타나하시는 야타니 옆에 앉아 스케치북을 함께 들여다보았다. 샴푸의 좋은 향기가 야타니의 콧속을 간지럽혔다.

어느새 타나하시는 야타니의 머리카락을 쓰다듬고 있었다.

"윤기 나고, 예쁜 머리네."

타나하시는 말했다.

"나도 너에 대해 똑같은 걸 생각했어."

야타니는 말했다.

한동안 그대로 시간이 흘렀다. 아직, 고백은 없었다.

9월 초에 야타니는 오랜만에 나나세와 라멘 가게에 와 있었다. 먼저 가자고 하는 경우는 드물었지만, 나나세가 가자고 하면 대체로 응하는 편이었다.

여느 때처럼 라멘을 먹으면서 이야기를 나누는 중에 나나세가 불쑥 물었다.

"그런데 타나하시와는 어떻게 됐어? 같이 여름 축제 갔다며?"

"응. 고백은 못 받아서, 아직 차지는 못했어."

"그래? 아쉽네."

"그런데 키스와 섹스는 했어."

"뭐?"

나나세는 눈을 동그랗게 떴다.

"지금 뭐라고 했어?"

“키스도 했고, 섹스도 했어, 타나하시랑.”

야타니의 담담한 태도에서 그 말이 거짓이 아니라는 걸 직감한 나나세의 얼굴은 순식간에 어두워졌다. 그러더니 이내 얼굴이 붉어지며, 눈동자에는 뚜렷한 분노가 서렸다.

“어째서? 왜 그런 짓을 한 거야?”

표정에 걸맞지 않게 그녀의 목소리는 이성적이었다.

“왜라니? 네가 그랬잖아. 나를 좋아하게 만들어서 고백하면 차버리라며? 타나하시를 고백하게 만들려면 필요한 일이었어.”

“나랑 사귀고 있으면서 어떻게 그런 짓을 할 수 있어?”

“이유는 방금 말했잖아. 이 단계까지 와서 차버리면, 네가 원했던 대로 혼내주는 게 되잖아.”

“……야타니, 내가 첫 여자친구 맞지?”

“맞아.”

“우리, 아직 키스도 못했다고.”

“그러게.”

“도대체 왜 그런 거야? 첫 키스도 첫 섹스도 어째서 그런 추한 애한테 줘버린 거냐고? 날 사랑하지 않는 거야?”

“사랑하지 않는다면 너를 위해 이런 짓은 안 했어.”

“거짓말이야. 내가 언제 타나하시랑 섹스하라고 했어?”

“거짓말 아냐. 물론 섹스를 하라고 말하진 않았지. 하지만 네 뜻을 들어주려면, 그러니까 타나하시를 혼내주려면 그게 최선의 선택이란 건 틀림없어. 게다가 이건 진짜 네가 했던 말인데, 중요한 건 숫자라며? 그렇다면 오늘 이후 너랑 내가 두 번 이상 키스하고 섹스하면 그걸로 되는 것 아냐?”

“그런 얘기가 아니잖아.”

“그런 얘기야. 지금 난 너의 남자친구고, 내가 사랑하는 사람도 너 하나뿐이야.”

두 사람은 아무 말도 하지 않았다. 이 쓰라린 침묵도, 여름 축제에서의 편안한 침묵도 야타니에게는 본질적으로 같은 것으로 느껴졌다.

야타니의 말은 모두 진심이었다. 그에게는 나나세를 상처 입힐 의도도 없었고, 단지 사실을 전하는 역할에만 충실했을 뿐이었다. 당연히 그가 나나세를 사랑하고 있다는 것도 그의 입장에서는 틀림없는 사실이었다. 그렇기 때문에 나나세가 조용히 분노하고 있는 이유를 야타니는 어딘가 납득되지 않는 표정으로 바라보고 있었다.

야타니는 자신과 타인에게 연연하지 않았다. 집착도 강요도 없이, 그는 그저 타인을 좋아했을 뿐이다. 야타니에게 타인이란 마치 비와 같은 존재였다. 하늘을 뒤덮는 비구름은 방대하지만, 자신의 머리카락이나 옷깃을 적시는 빗방울은 극히 적은 양에 불과하다. 타인은 끊임없이 밀려들고, 그중 몇 사람만 야타니와 어떤 식으로든 관계를 맺는다. 적셔서 불쾌감을 남길 수도 있고, 다가와서 공감을 안겨줄 수도 있다. 하지만 그 어떤 빗방울도 다음 날이면 말라버린다. 야타니는 자기 몸의 어디가 얼마나 젖었는지 비에 젖은 그 순간조차 의식하지 않았고, 다음 날이면 젖었던 사실도 잊어버렸다.

자신을 구속하는 '자기만의 사상'을 갖지 않은 것은 야타니의 이런 특이한 성정 때문이었다. 타인에게서 빌려 온 사상을 마치 자기로부터 비롯된 듯 당당히 말하며, 그럼에도 기가 죽거나 부끄러워하지도 않는다. 타인의 사상을 타인의 사상 그대로 받아들이면서도 그것을 내 것인 양 누릴 수 있는 편리함. 타인이 몹시 소중히 여기며 간직해온 사상조차 타인의 사상이라는 이유로 쉽게 쓰레기통에 던져 넣어버릴 수 있는 가벼움. 야타니는 그것을 잘 알고 있었다.

그렇기에 그는 자신보다 타인을 더 좋아했다. 타인을 사랑하는 것은 곧 자신을 사랑하는 것과 다르지 않았다. 자기와 타인의 경계를 애매하게 만드는 듯한 야타니의 사상 없는 사상, 그가 가진 유일한 '자기만의 취향'은 자신과 타인을 동시에 사랑하는 일을 용이하게 해주었다.

자신을 사랑하듯 타인을 사랑할 수 있는 야타니는 진정한 의미에서 이웃 사랑을 실천하고 있었다. 하지만 많은 사람들, 적어도 나나세의 눈에는 그런 그가 바람기의 극치를 달리며, 그저 성욕만 해소할 수 있으면 상대가 누구든 안중에도 없는 한심한 남자로 비쳤다. 박애주의자와 창녀의 사랑이 얼마나 닮아 있는지 나나세는 몰랐다.

"최악이야, 너. 이 지경까지 와서도 아직 날 사랑한다고 지껄이다니."

무거운 침묵을 나나세가 먼저 깼다. 그 눈동자에는 조금 전의 분노는 없었고, 대신 슬픔과 눈물이 고여 있었다. 야타니는 마치 창밖에 붙어 있는, 물방울 그 자체이면서도 누군가를 결코 적시지 않는 빗방울을 바라보는 듯한 심경으로 그녀의 눈물을 무심히 바라보았다. 나나세의 눈물에 그는 당황하지도 마음이 움직이지도 않았다. 야타니는 그 사실을 깨닫고, 자신의 사랑을 의심하는 대신 자신의 입장이 달라졌다는 사실을 납득했다.

"그래? 확실히 내 사랑은 너의 입장에서 보면 사랑이 아니겠지. 사랑이면서도 사랑이 아닌 것, 아니 사랑뿐만 아니라 모든 관념이나 개념은 어떤 시점에서 바라보느냐에 따라 전혀 다른 의미를 품게 되잖아. 내가 말하는 사랑은 내 시점에서 보면 분명 사랑처럼 보이지만, 너의 시점, 혹은 나 말고 다른 누군가의 시점에서는 사랑으로 보이기는커녕 그 반대의 개념으로 보일 수도 있어. 그것은 어느 한쪽이 틀려서가 아니라 양쪽의 인식이 모두 옳기 때문에 필연적으로 일어나는 충돌이야. 일어날 수밖에 없는 엇갈림이랄까. 그러니까 나는 지금도 너를 사랑해. 네가 어떻게 받아들이든 달라질 건 없어."

나나세는 눈물을 머금은 눈빛으로 야타니를 노려봤다.

"관심 없어, 그 따위 설명. 네가 날 사랑하든 말든, 그건 이제 사소한 문제일 뿐이야. 진짜 문제는 내가 더는 너를 사랑할 수 없게 됐다는 사실이니까."

짧은 침묵 끝에 나나세는 마음을 굳힌 듯,

"이제 됐어. 우리 끝내자."

라고, 분명히 말했다.

"그래? 그럼 그렇게 하자."

너무나 담담하게 대답하는 야타니의 태도를 강한 척하는 것이라고 오해한 나나세는 마치 기회를 잡았다는 듯 입을 열었다.

"속이 다 시원하네. 난 다른 남자와 꼭 행복해질 거야. 너 아닌 다른 남자와 행복해져서 너 따위는 금방 잊을 거야."

"그래."

야타니는 표정 하나 바꾸지 않았다. 명랑하게 들릴 정도였던 나나세의 목소리에는 또다시 강한 증오와 슬픔이 섞여들었다.

"……뭐야? 뭔데, 그 태도?"

"왜 화를 내?"

"네가 화를 안 내니까 그렇지. 어떻게 그런 태연한 얼굴을 할 수 있어? 내가 다른 남자의 여자가 돼도 아무렇지 않아? 왜 화를 안 내는 거야?"

"화낼 이유가 없는데 화를 내는 게 이상한 거지."

야타니는 살짝 웃었다.

"……그래, 그렇네. 생각해보면 그렇네. 좀 더 빨리 알아챘어야 했어. 네가 웃는 모습은 몇 번 본 적 있지만, 눈물을 흘리는 모습도 화내는 모습도 난 한 번도 본 적이 없었어. 처음부터, 나를 사랑하지도 않은 거였어.”

“난 말이야, 이별에 눈물을 흘리는 게 사랑 때문이라면, 그 눈물을 참는 것도 사랑 때문이라고 생각해.”

“맞아. 하지만 너한테 애당초 참아야 할 눈물 따위가 있을까? 너에겐 눈물 같은 건 없어. 그저 피만 있을 뿐이야.”

야타니는 반박할 말도 떠오르지 않아서 조용히 입을 다물었다.

그러다 그제야 생각난 듯 “미안”이라고 말하자, 곧바로 세차게 따귀를 얻어맞았다. 주위 손님들의 시선이 쏠렸지만, 두 사람은 그런 시선을 부끄러워하지 않았다. 하얀 뺨이 서서히 붉어지기 시작하는 모습을 내려다보며, 나나세는 혀를 차듯 툭 던지는 말로,

“넌 그래서 안 되는 거야.”

라고 말하고는 자리를 박차고 가게를 나섰다. 야타니는 쫓아가지 않고, 이미 불어 터진 시오라멘을 들이켰다.

며칠 후 입시 학원에서 가장 가까운 역까지 야타니는 타

나하시와 함께 걸어가고 있었다. 나나세의 부탁도 흐지부지된 터라 야타니에게는 더 이상 타나하시와 함께 있어야 할 이유가 없었다. 그렇다고 굳이 피할 이유도 없었기에 타나하시가 같이 가자고 하면 함께 귀가했다. 그렇게 집으로 돌아가는 도중 마침내 고백을 받았다. 나나세와 사귀고 있었을 때는 거절할 명분이 차고 넘쳤지만, 그렇지 않은 지금 야타니는 아무렇지 않게 고백을 받아들였다. 타나하시의 추한 얼굴 위로 웃음이 가득 번졌다.

야타니는 특별히 마음을 먹지도, 대단한 일인 양 거드름을 피우지도 않고 자신이 타나하시에게 접근한 경위를 말해주었다. 타나하시를 농락하고 차버릴 생각이었다는 말을 털어놓았는데도 타나하시는 행복한 미소를 잃지 않았다.

"나는 괜찮아. 야타니가 나를 사랑해주지 않아도 돼."

"그래. 하지만 넌 착각하고 있어. 나는 너를 사랑하고 있어. 이게 사랑이 아니라면, 지금까지도 앞으로도 내가 누군가를 사랑하는 일은 없을 거야."

야타니가 사랑이라는 단어를 그렇게 쉽게 쓸 수 있었던 것은, 세상에서 중요하다고 여겨지는 것들이 그에게는 새털처럼 가볍게 느껴졌기 때문이 아니었다. 세상에서 말하는 중요함과 가벼움은 그에게 동일한 무게로 존재했고, 그가 중요하게 느끼는 것이든 가볍다고 느끼는 것이든, 그 무게는 세상에서 새털처럼 다뤄지는 것들과 별반 차이가 없었기 때문이었다. 그렇기에 지금 한 말 또한 야타니로서는 진심이었다.

"그렇겠지. 야타니는 아무것도 사랑하지 않는 사람이잖아. 그래서 안심이 돼. 왜냐하면 너는 나 같은 거, 아니, 그 어떤 진실 같은 것도 본 적이 없잖아."

가로등 불빛이 타나하시의 아름다운 머릿결을 관능적으로 비추었다. 야타니는 무엇이든 사랑한다는 말은 곧 아무것도 사랑하지 않는 말과 같다는, 그 진부한 통념이 얼마나 옳은지를 그제야 깨달았다. 그러나 그는 뒤늦은 깨달음을 후회할 인간은 아니었기에 그저 그녀의 아름다운 머릿결만 바라보며,

"생각보다 오래갈지도 몰라, 우리."

라며, 장난스럽게 웃어 보였다.

10

"저기, 하야미, 호조 군이랑 무슨 일 있었어?"

미술부실에서 묵묵히 그림을 그리고 있는데, 마치 봇물이 터진 듯 야마나카가 물어왔다. 성가시게 여긴 하야미는 차갑게 대응했다.

"무슨 일이라니?"

"호조 군이 그러더라, 요즘 하야미가 좀 차가워졌다고."

"너무 예민하게 굴지 말라고 전해. 그렇군. 걔가 이제 그런 말도 하는구나."

“글쎄, 여자친구인 나로서는 호조 군이 나를 의지해줘서 기뻤지만 말이야.”

하야미는 붓을 멈추고 “야” 하고 말을 꺼냈다. 생각보다 거친 말투기 튀어나오는 바람에 하야미는 되레 자신에게 혐오감을 느꼈다. 살짝 기가 꺾인 야마나카는 진지한 표정으로 하야미를 쳐다보았다.

“계속 궁금했는데, 너 호조를 아직도 ‘군’이라고 불러?”

“……아, 그러지 마. 창피하잖아. 우리한테는 우리만의 페이스란 게 있어. 쓸데없는 참견은 사양할게.”

허를 찔렸는지 야마나카는 웃음 섞인 목소리로 대답했다. 하야미도 미소를 보이며 “미안, 미안” 하고 붓을 꽉 움켜쥐며 말했다.

야마나카가 돌아간 뒤에도 하야미의 생각은 코앞으로 다가온 수학여행이 아니라 호조에게 머물러 있었다. 처음 대화를 나누었을 때 호조는 하야미에게 “군은 빼고 불러라”라고 말했다. 하지만 그 말은 야마나카에게는 적용되지 않았다. 왜일까. 아무리 생각해도 이유를 알 수 없었다. 호조라는 남자가 도대체 어떤 인간인지, 그는 한 번도 이해할 수 없었다. 그러나 파멸이란 본디 그런 제멋대로의 마음가짐으로 누군가를 죽이는 법이다. 파멸 따위는 꿈도 꾸지 않는 이에게야말로 파멸은 미소를 던지며 다가오고, 파멸의 징후라고는 전혀 감지되지 않는 평온함 속에서도 파멸의 전조는 숨겨져 있다. 어디서부터 잘못된 걸까. 아니면 이제부터 잘못될 것인가. 하야미는 창틀 때문에 나뉘어 보이는 하늘을 보며 생각했다.

저녁 어스름은 녹아들듯 내려왔고, 밤에 물들어가고 있는 짙은 청색과 햇빛의 여운이라 할 수 있는 암적색은 훌륭한 대비를 이루었다. 하야미는 자신의 인생은 행동이라는 것과 인연이 없다고 굳게 믿고 있었다. 몽상 속에 살고 있기에 현실과 거리를 둔 것이 아니라 현실도 몽상도 그저 바라보기만 하는 대상에 지나지 않았기 때문이었다. 하야미는 보기만 할 뿐이었다. 바다는 바라만 볼 뿐 들어가지 않았고, 산은 그리기만 할 뿐 올라가지 않았다. 이쪽 세계와 저쪽 세계를 잇는 다리는 불필요했으며, 그 사이에 흐르는 하천은 상류에서 하류로 자연의 리듬을 따라 흐르기만 하면 되었다. 그렇기에 모든 행위도 존재도, 사건도 슬픔도, 강 건너 불구경하듯 무심히 인식할 수 있었다. 연정에 취하는 일 따위는 절대로 없었고, 그저 객관적으로 살아갈 수 있다고 믿고 있었다. 그런데 그 강 건너 불이 지금이 발을 태우고 있었다. 도대체 언제부터였을까? 분명 처음부터였을 것이다. 열기도 색도 없었던 그 불꽃은 인식됨으로써 비로소 열기와 색을 되찾았다. 지금 마음속에 소용돌이치는 검은 감정의 앙금을 하야미는 그렇게 생각했다. 혈관을 타고 육체의 세세한 곳까지 퍼져 나가는 정신이 존재하는 것 같기도 하고 존재하지 않는 것 같기도 했다. 그렇게 생각하고 나니 더 이상 자신이 행동과 인연이 없다고는 말하기 어려웠다.

설마 내가 행동을 취하려고 하다니, 하고 하야미는 생각했다. 지금까지는 변하려 하지도 무엇을 바꾸려 하지도 않았고, 그저 정해진 대로 바뀌어가기만 하는 삶이라고 믿어왔지만, 이제는 자신 안의 악의가 무언가를 바꾸려고 발버둥치고 있었다. 필사적으로 발버둥치다 간신히 수면 위로 고개를 내민 그 표정은 언제나 추악했다. 의지는, 특히 살아가려는 의지는 너무도 추해서 견디기 힘든 것이다. 그래서 호조는 아름다웠던 것이다. 하지만 그것도 과거일 뿐이다. 이제 완전한 미에 대한 도전은 끝났다. 추하면서도 고귀했던 그 도전에 파멸은 없었다. 적어도 자신이 바랐던 파멸은. 그리고 인식의 승리에서 오는 충만한 행복감도 없이, 마치 무효 경기처럼 김빠진 허무만이 잿더미로 남았다. 실연의 슬픔이나 좌절의 분노로 모든 것을 망쳐버릴까도 생각했지만, 감정에 자신을 맡기기에는 그 감정이 너무도 무기력했다. 육체는 애초부터 신뢰할 만한 것이 못 된다. 이제 믿고 기댈 수 있는 것은 '미'뿐인지도 모른다. 그토록 증오했고 두려워했던 미만이 자신에게 손을 내밀어주는 유일한 존재였다. 자신을 행복하게 하는 것과 불행하게 하는 것은 너무도 닮아 있다. 그것은 여전히 자신과는 거리가 먼 곳에 우두커니 서 있었다.

하야미는 자리에서 일어나 초상화를 캔버스 가방에 넣었다. 망설이면서도 오늘 아침에 이 가방을 챙겨 온 계획성과 성실함에 스스로도 짜증이 났다. 이제 막 벌이려는 행동에는 주저함도 있었고 후회도 있었다. 하지만 멈출 수도 없었다. 그저 눈에 보이는 것만을 믿는 천성을 바꿀 수 없었기에 미의 파멸을 끝까지 지켜봐야 했다. 훔쳐보기 따위는 하지 않고 제대로 그 파멸을 관찰하기 위해 이 행동은 아무런 명분도 없이 다만 실행되는 것이다. 살아가는 일과 죽는 일을 나란히 둔 채 오로지 자기 자신만을 위해 벌이는 행동이었다.

오후 6시 반, 가장 가까운 할인점에 들러 칼과 성냥을 샀다. 수학 노트가 몇 쪽밖에 남지 않았지만 새로 사지는 않았다.

그대로 호조의 초상화를 들고 인근의 강가 둔치로 향했다. 이곳에 온 것은 여름 축제 날 이후 처음이었다. 그날의 인파가 거짓말인 것처럼 지금은 우거진 풀과 흐르는 강물 소리만 주변을 채우고 있었다.

불이 잡초에 옮겨 붙으면 안 되기에 물가 가까이로 가 자갈이 빼곡한 강변에 캔버스를 내려놓았다. 바람은 없었지만, 가급적 풀숲에서는 떨어지기로 했다. 이런 상황에서도 도취나 열정에서 한 발 물러서버리는 자신에게 하야미는 내심 진저리가 났다. 파멸을 바라고 있는 것은 어쩌면 평온을 향한 기대의 반전일지도 모른다고 생각했지만, 그런 엉뚱한 생각은 잠시 스쳐갔을 뿐 곧바로 잊혀졌다.

9월의 오후 7시라 그런지 주위는 희미한 어스름이 깔려 있을 뿐이었고, 인적도 드물어서 시작하기로 했다.

성냥을 그었다. 성냥갑 옆면을 긁어 깎여 나간 성냥 끝은 바로 불꽃을 일으켰다. 하야미는 흔들리는 불꽃을 응시했다.

"어이, 하야미, 너 지금 뭐하는 거냐?"

놀람과 동시에 불붙은 성냥을 강물에 던졌다. 그리고 소리가 들려온 강둑의 경사면을 재빨리 올려다보았다. 귀에 익은 목소리였다.

그곳에는 야타니와 처음 보는 여자가 서 있었다. 여자는 키가 크고 늘씬한 몸매를 가졌지만 추한 얼굴을 하고 있었는데, 그 외모에는 어스름마저 밀어낼 듯한 매서움이 도사리고 있었다.

"부장이 왜 여기에?" 그의 목소리에는 안도감이 스며 있었다.

"이제 부장 아니야."

"아니, 부장이에요, 제겐 계속."

"넌 참 그런 애였지. 지금 입시 학원 가는 길인데, 여자친구 집이 이쪽이라. 밤길이 무섭다고 해서 마중 나온 거야."

야타니는 이제 막 생각난 듯한 말투로 "내 여자친구, 타나하시 미호야"라며, 하야미 기준으로 왼편에 서 있는 추한 여자를 소개했다.

하야미는 그녀의 추한 외모에 잠시 놀랐지만, 야타니의 여자친구가 추하다는 사실 자체에는 놀라지 않았다. 야타니는 여성을 얼굴로 선택할 사람이 아니었고, 정확히 말하자면 애초에 뭔가를 '선택'할 사람이 아니라는 것을 잘 알고 있었기 때문이었다.

"처음 뵙겠습니다. 타나하시입니다."

"처음 뵙겠습니다. 후배 하야미 케이치입니다."

"불빛이 보여서 뭔가 했는데, 네가 있을 줄이야. 그런데 뭘 하고 있었던 거야?"

하야미가 말없이 있자, 타나하시가 뒤쪽을 가리키며 야타니의 귓가에 무언가를 속삭였다. 야타니는 하야미 옆을 지나 호조의 초상화를 보았다.

"아, 부장, 그건."

야타니가 호조와 마주치고 싶지 않다고 한 말이 떠올라 하야미가 말리려 했지만, 그것은 호조가 아니라 단지 초상화일 뿐이라는 것을 깨닫고는 다시 입을 다물었다.

"잘 그렸네. 모델도 괜찮고."

타나하시도 다가와 찬찬히 초상화를 바라보며 말했다.

하야미는 그 말이 억지로 비위를 맞추거나 예의상 한 말이 아니라 진심이라는 걸 직감적으로 느꼈다.

"그러게. 잘 그렸네."

그 감상은 거짓이 아니었다. 그림은 매우 정교하게 완성돼 있었고, 하야미의 깊은 관찰력이 결정체처럼 드러난 듯 보였지만, 어딘가 생명력이 결여된, 힘이 없는 그림이라고 야타니는 생각했다. 그는 이 그림 속의 호조를 찢는다 해도 선명한 피가 솟구칠 것이라고는 도저히 생각할 수 없었다. 하지만 그것은 아이러니하게도 하야미의 완벽한 인식이 빚어낸 결과였다. 설령 야타니가 실제로 호조와 만났다 해도, 그 미모 속에 잠재해 있는 피 같은 생기는 결코 감지하지 못했을 것이다.

뭔가를 눈치챈 야타니는 타나하시에게 먼저 가라고 말했다. 타나하시는 밤길이 무섭다는 말은 한마디도 하지 않았고, 아쉬워하는 기색도 없이 곧장 혼자 입시 학원으로 향했다. 목소리도 추했지만, 감성과 기품만큼은 일류라고 하야미는 실례인 줄 알면서도 감탄했다.

"이 그림, 태우려고 했어?"

"네. 하지 말까요?"

“설마, 그럴 리가. 하고 싶은 대로 해. 누가 오면 내가 적당히 따돌릴 테니, 넌 네 뜻대로 태워버리면 돼.”

“정말, 부장 같은 친구가 있어서 다행이에요.”

야타니에게서 그림을 건네받은 하야미는 그것을 무심히 자갈밭에 툭 던졌다. 불을 켠 성냥을 그림 한가운데에 떨어뜨렸다. 불꽃은 중심에서 순식간에 번지며, 불에 탄 자리부터 들려 올라가며 검게 변했다. 발밑으로 확실한 열기가 전해졌다. 불에 문드러진 호조는 비명을 지르지도 도망치지도 않았다. 인생 최고의 작품이 자신의 손에 불타 사라지는 모습을 바라보며, 하야미는 아무 말이든 하지 않을 수 없었다.

“안 물어보나요, 태우는 이유를?”

불타는 유화를 옆에서 바라보고 있는 야타니에게 물었다.

“안 물어볼 테니 안심해. 난 네가 실연의 슬픔이라든가, 호조에 대한 분노라든가, 재능의 부족에 대한 유치한 반항 때문에 이 훌륭한 그림을 장작처럼 태우는 게 아니란 걸 알고 있어. 그런 오해를 할 내가 아니지. 넌 다만 보고 싶었던 거야, 이 그림이 타는 모습을. 그저 보고 싶었던 거지. 넌 고집이 세서 한번 태우기로 결심한 이상 무슨 일이 있어도 태울 남자야. 하지만 완전히 감정적으로 될 수는 없기에 이성까지는 태울 수 없지. 그게 괴롭긴 하지만, 괴롭기 때문에 더더욱 태워야 한다고 생각하는 거야. 그렇지?"

"태워야 해요. 맞아요. 정말 대단하네요. 여전히 부장은 다 꿰뚫고 있네요."

"네가 무슨 생각을 하는지 정도는 알아. 우리는 꽤 닮았잖아."

야타니와 마지막으로 대화를 나눈 것은 석 달 전인데, 하야미에게는 전혀 그렇게 느껴지지 않았다. 자기 자신을 거의 민낯으로 드러낼 수 있는 상대는 야타니뿐이란 것을 그는 새삼 떠올렸다. 그것은 가면을 벗을 수 있어서가 아니라 가면이 통째로 간파당하기 때문이었다. 빗나간 해석으로 가면이 더 견고해지는 것도 분명히 바라던 바였지만, 그보다도 간파당함으로써 자신이 이토록 마음이 편해질 줄은 몰랐다.

하야미는 땅바닥에 앉았다. 불타는 그림을 가까이서 인식하고 싶었기 때문이었다. 그것을 보고 야타니도 앉았다.

불을 바라본 지 몇 분쯤 지나 하야미가 입을 열었다.

"호조가 야마나카와 사귀게 됐어요."

"그래? 그거 의외네." 야타니의 말투는 차분했다.

"그 일로 저는 제 연정을 자각하게 됐어요."

"그렇군. 그래서 인식을 믿을 수 없게 된 건가. 뭐, 자기 세계의 붕괴는 대개 예기치 않게 시작되는 법이지. 너는 파멸을 바라고 있는 것처럼 보이던데, 내가 잘못 본 건가?"

"아니요. 사실 맞아요. 다만 이것을 파멸이라고 인정하고 싶지 않아요. 이건 그냥 환멸과 절망이에요. 파멸만큼 아름답진 않죠."

"분명히 너는 파멸을 바랐어. 그건 파멸을 몽상했다는 뜻이고, 환상을 품었다는 말이기도 하지. 너는 파멸을 예감하고 있었어. 하지만 그건 파멸이라는 존재일 뿐, 파멸이 어떤 색을 띠게 될지, 얼마나 끈적한 질감으로 모습을 드러낼지, 그리고 파멸이 너를 도대체 어디로 데려갈지에 대해서는 전혀 예상하지 못했을 거야. 그도 그럴 것이 너의 바탕엔 언제나 파멸이 있었어. 인식이라는 것에 매달리려면, 언젠가 고정 관념을 깨뜨려줄 무언가가 필요하지. 그렇지 않으면 인식을 믿을 수 없게 되기 때문에 세속과 자기 자신을 구분하는 경계가 흐려지지. 너는 세계에 맞설 수단도 없이, 그저 세계와 자기 자신 사이의 균형이 무너져 가는 모습을 지켜볼 수밖에 없어. 마치 땅거미처럼 빨강도 검정도 파랑도, 구름도 어둠도 빛도 모두 평등하게 덮어버리지. 그렇게 균등하게 되는 것, 그게 바로 붕괴인 거야. 너 같은 인간은 파멸을 의식해야 비로소 행동할 수 있어. 파멸만이 영원성을 보장해주지. 그렇기에 너는 파멸을 전제로 하지 않는 아름다움이나 환멸을 전제로 하지 않는 연애를 더 이상 믿지 않게 된 거야.

하지만 그건 좀 오만한 게 아닐까? 내 생각엔 말이야, 호조는 네가 생각하는 것만큼 그렇게 아름답지는 않았어. 뭐, 원래 미라는 게 대체로 그리 아름답지도 않은 법이지만, 호조는 너한테 특별했겠지. 하지만 달랐지. 미의 이면에는 추악이 있었어. 그걸 배신으로 받아들이는 건 자만이 지나친 거야. 열매의 겉만 보는 사람은 자신이 열매를 사랑했다고 생각하겠지만, 그 안에 들어 있는 악의를 품은 씨앗까지 사랑한 건 아니야. 오직 씨앗만이, 그 안에 있는 확실하고, 평범하며, 세련된 악의만이, 열매 전체를 사랑하게 할 수 있지. 인식에는 무서울 정도로 자기가 반영돼. 자신을 인식하지 않고는 어떤 것도 제대로 볼 수 없어. 그래서 몽상은 인식을 위해서라도 중요해. 하지만 너는 몽상에 너무 집착하고 있어. 언제부터 그렇게 몽상가가 된 거야? 넌 인식으로 살아가는 예술가잖아. 연정을 품고 나서 변한 건 호조가 아니라 너였던 거 아냐?"

"말씀하신 대로예요. 하지만 이건 그런 인식일 뿐이에요. 이성이 아니에요. 태워야 해요. 그게 다예요."

"사고를 포기한 건가. 너답지 않군."

"미는 사고를 빼앗아요. 부장이 한 말이 정론인 건 맞아요. 하지만 미에는 통하지 않아요, 완전한 미에는."

"너는 이제 미밖에 믿지 않는 거냐? 너는 미를 너무 신격화하고 있어. 탐미도 도를 넘으면 우스워져. 이 세상에 예외란 없어. 너도 나도 예외가 아냐. 인간 존재는 뜻대로 되지 않고, 삶과 죽음에 절대가 없듯이 화복禍福도 명암도 늘 무상한 거야. 불완전이 당연한 이 세계에서 과연 완전한 미 같은 게 존재한다고 정말로 믿는 거야? 결국 너는 너 자신밖에 생각하지 않는 거야. 확실히 그건 사랑의 첫걸음이지만, 거기에 머무는 인간은 타인을 사랑하지 못해. 내가 장담할게, 틀림없어."

"나는 나 자신을 예외라고 생각하지 않아요. 유일한 예외는 호조뿐이에요."

“호조도 인간이야. 실제로 그는 육체를 사랑했어. 그런 의미에서는 우리보다 인간적이야.”

“부장은 호조를 본 적이 없으니까 그런 말을 할 수 있는 겁니다. 그래서 부장은 이해하지 못하는 거예요. 농익은 열매를 부패에서 구하는 방법은 그 열매를 먹는 것뿐이에요. 나비를 유혹하는 꽃의 은은한 향기가 파리를 꼬이게 하는 송장 썩는 냄새로 변해버리는 그 공허함을. 완전한 미를 직접 본 나조차도 아직 모르겠어요. 그 녀석이 대체 누구인지. 아직 모르겠어요.”

“모르겠다고?”

“네. 내가 보고 있던 것이 연약한 미였는지, 의연한 신성이었는지.”

“미냐 신성이냐, 이 이항 대립은 언제나 진부해.”

“인식과 존재, 혹은 미. 영원과 파멸. 저는 언제나 나름대로 평범하게 살아왔어요. 예외적인 존재가 아니기 때문에, 그 예외의 바깥으로 나갈 수 없기 때문에 그 바깥 세계를 ‘보는 일’에 내 영혼을 전부 쏟아부은 거예요. 열매도 씨앗도 저로서는 따로 떼어 사랑하는 건 불가능해요. ‘본다’라고 하는 칼은 열매를 갈라 씨까지 드러나게 하죠. 인식의 양식이란 바로 그런 거예요. 씨앗을 본 이상, 제가 할 수 있는 건 보는 것뿐이에요. 씨앗을 없앨 수는 없기에 사랑하고 싶다면 씨앗까지 사랑해야 하죠. 모든 것을 사랑할 수 있는 사람이 과연 존재할까요? 그렇게 되는 건 미덕이지만, 그것은 공상이기 때문에 미덕일 수 있는 거예요. 실제로 그런 사람이 있다면, 그냥 바람둥이이거나 온갖 악덕을 짊어진 사람처럼 보일 테지요."

그렇게 말하면서 하야미는 여전히 타오르고 있는 눈앞의 불을 바라보았다.

"거기까지 말해놓고도 너는 인식을 완전히 믿고 있지는 않군."

"네, 하지만 미에 대해서는 확신에 가까운 생각을 갖고 있어요. 부장은 우리가 미에 대해 이야기했던 날을 기억하나요?"

"기억하지."

"지금이라면 전적으로 수긍할 수 있어요. 부장의 미에 대한 가치관 말이죠. 지금의 나에게 미란 불입니다. 불은 끊임없이 흔들립니다. 흔들리는 불꽃의 가장자리는 지금 중심에 머무는 불꽃과 동일하지 않아요. 하지만 그것은 분명히 하나의 불입니다. 계속 흔들리다가 불꽃끼리 몸을 맞댔나 싶으면 떨어지고, 어느 한쪽이 함성처럼 치솟으면 다른 한쪽은 완벽한 정적을 보여주는 그 모습은, 안정된 듯하면서도 불안정하고, 무너질 것 같다가도 다시 꼿꼿이 일어서죠. 그렇게 숨 쉬듯이 움직이는 불은, 하나의 불 속에 무한한 삶을 품고 있어요.

하지만 시간만은 잔혹해요. 시간은 인식을 초월하고 죽음조차 초월하지요. 어떤 불꽃이라도 시간이 흐르면 꺼지고 말아요. 예술가는 그 불이 꺼지지 않도록 끝없이 장작을 계속 지피는 사람이라고 생각해요. 장작은 무엇을 사용하든 상관없어요. 그림이든, 지폐든, 도덕 교과서든, 청춘이든, 젊음이든, 삶이든, 자기 자신이든. 잘 타기만 하면 뭐든지 땔감이 될 수 있어요. 그걸로 존재의 진동이 이어진다면 그걸로 충분해요. 예술가의 궁극적인 소망은 바로 거기에 있어요."

"넌 너무 똑똑한 척해. 불을 발명으로 여기는 이성에는 왠지 본질적인 오류가 느껴져. 하지만 사실 네가 구원을 구했던 것도 그런 미였고, 그런 미로부터 절망을 받아든 것도 너였어. 너는 미를 불이라고 했지. 불은 너를 끊임없이 거부해. 불은 너를 끊임없이 매혹시켜. 열기가 얼굴에 닿을 만큼 가까운데도 결코 손댈 수는 없어. 불이란 마음을 어지럽히고, 뇌를 뒤흔들고, 감성을 강간해도 이성에게는 단 한 번의 눈길조차 주지 않는 존재야. 모든 말과 인간의 의지를 완전히 소멸시키는 것. 침묵만을 강요하는 것.”

“역시 그걸 미라고 불러야겠지요. 아니면 꿈이라고 불러야 할까요?”

“나는 그것을 운명이나 인생이라고 부르는 게 더 어울린다고 생각해.”

“그렇게까지 극적인 건 아니에요.”

“아까는 너도 나도 예외는 아니라고 말했지만, 너는 예외까지는 아니더라도 어느 정도 특별하다고 생각해. 너는 운명을 손에 쥐고 있어. 사람의 마음을 빼앗고, 그가 거부할 수 없게 만든 뒤, 사방으로 피와 내장을 흩뿌리며 끌고 다니는 운명이라는 맹수를. 그런 걸 한 번도 갖지 못하고 인생을 마치는 사람, 그것만을 기다리다 늙어 죽는 사람이 세상에 얼마나 많을 것 같아?

결국 운명을 갖지 못하는 사람은 있어도 인생은 모두가 갖고 있지. 누군가가 극적으로 살려고 행동하면, 인생은 쉽게 그 무대를 마련해줘. 인생이란 끝없이 선택을 강요해. 우리는 그것을 선택하겠지. 뭐, 나는 그런 건 안 하겠지만, 보통은 그렇게 하지. 사람은 선택을 의지라고 부르지만, 그건 인생이라는 틀을 결코 벗어나지 않아. 뭔가 극적인 삶을 살기 위해 그런 자신을 연기하다 보면, 어느새 그 역할 자체가 되어버릴 때가 있어. 그것을 꿈을 이루었다고 부를 수 있을까? 그건 쟁취한 게 아냐. 인생이 미리 준비해둔 흐름일 뿐이야. 손에 움켜쥔 것도, 자신의 승리도 패배도, 모든 것은 인생에서 시작되고 인생으로 귀결돼. 무언가를 선택한 순간부터 무엇을 이기든 인생만큼은 이길 수 없어. 그건 보장된 불가능이거든.”

“그렇군요. 미든 추함이든 선택하는 시점에서 모든 건 예정 조화였다는 거네요. 결국 무언가를 얻고자 하고 불가능이나 미지에 현혹된 사람은 인생에 패배한다는 뜻인가요? 하지만 부장은 결코 패배하지 않을 사람이죠.”

“아, 나는 패배하지 않아. 나는 인생에 도전하지 않으니까. 그러니 승리도 패배도 없어. 내게 인생이란 태어날 때부터 생겨난 함정을 죽기 전까지 우회하며 메워가는 작업이야. 연인도 친구도 손을 뻗지 않아도 잡히는, 이를테면 바람에 날려 온 솜털이 우연히 손바닥에 올라타는 것처럼, 내 주변에 있는 것만 잡고, 손이 닿는 곳에 버리고, 다시 주워 오는 것도 마다하지 않아. 인생이란 그런 무의미한 놀이일 뿐이야. 함정을 메울 수만 있다면 뭐든 상관없어. 차가운 사람이라고 생각하냐?"

"아니요. 부장답다고 생각해요. 그렇지만 그건 패배하지 않는 거라고도 할 수 있지만, 바꿔 말하면 인생이나 다른 사람과 싸우는 걸 피하고 있는 것처럼 보이기도 해요."

"맞아. 하지만 내 인생은 아무래도 나보다 발이 느려서, 도망치고 싶으면 언제든지, 얼마든지 도망칠 수 있어. 네가 말하는 인생은 도망치고 싶어도 도망칠 수 없는 거겠지? 유감스럽게도 나는 아직 그런 인생을 만나본 적이 없어."

"언젠가 분명 만날 거예요. 인간의 삶이나 가치관에 옳고 그름을 따질 수는 없지만, 그 만남은 아마 나쁘지 않을 거예요."

"……그래? 너와 얘기하는 건 역시 즐거워. 새로운 발견도 많고, 너는 얘기도 잘 들어주니까. 게다가 얘기하면서 절실히 느끼는 건데, 우리는 서로 거리낌이 없는 만큼 받아들이는 것도 많아."

"네, 참 기묘한 우정이지요."

"우정이라. 우정이란 뭘까?"

"공의존共依存 아닐까요. 특히 저와 부장은요. 서로의 내면이 서로의 안식처가 되지만, 그 안에 정작 당사자는 없죠. 단지 속마음을 적나라하게 토로할 장소가 필요할 뿐이에요. 그러니까 사랑은 공존이고, 우정은 공의존이에요. 우정에는 언제나 미묘한 뒷맛이 남는 법이죠."

"그렇군. 기억해두지."

불이 꺼졌기에 하야미는 자리에서 일어섰다. 무릎을 감싸고 있던 손이 조금 따뜻했다. 불의 존재가 남긴 흔적이 느껴졌다. 하야미는 재와 숯을 캔버스 가방에 넣을까 잠시 망설였지만, 결국 강에 흘려보냈다. 이 강이 바다로 이어지길 바라면서.

"그럼, 이만 가보겠습니다."

"그래, 조심히 가."

하야미가 완만한 둑을 올라가자 야타니도 그의 곁을 함께 걸었다.

"아, 맞다. 이건 그냥 내 억측일 수도 있는데."

"뭐가요?"

“하야미, 너 혹시 호조를 죽이려는 거야?”

“네, 수학여행에서 죽일 생각입니다.”

하야미는 딱히 놀라지 않았다. 야타니 선배라면 자신의 살의를 간파할 것이라고 예상하고 있었기 때문이었다.

“역시 그렇군. 장작을 지피면서, 장작이 다 떨어지면 그 불을 끌 책임은 예술가에게 있지.”

“그렇게 거창한 건 아니에요. 다만 지금은 불을 끄는 일조차 방화의 연장선상에 있는 것처럼 느껴져요. 예술의 본질, 시간을 초월한 영원이라는 것은 의지에 의한 소멸 혹은 지속에 의해서만 도달할 수 있으니까요. 그것이야말로 예술가의 존재 이유겠죠. 지금 저는 인식과 행동의 틈새에서서, 단지 본다는 행위가 얼마나 큰 힘을 지니는지 의심하면서도, 그 어느 때보다도 믿고 있어요. ‘뚫어지게 쳐다본다’는 말처럼 불이 꺼질 만큼 장작을 지피고 있는 거예요.”

야타니는 한숨을 쉬었다. 그 숨결에는 어떤 비아냥도 조롱도 섞여 있지 않다는 것을 하야미는 느꼈다.

“그 상태라면 죽이겠다는 생각은 바뀌지 않을 것 같군.”

“처음에 설교하듯 타이른 건 그래서였나요?”

“그래, 난 살인을 인정할 정도로 미치지 않았고, 정신의 살해가 육체의 죽음으로 초래될 수 있다면, 정신의 죽음은 육체의 살해로 갚아도 되는 게 아니냐는, 그 논리 자체가 바보 같아서 싫을 뿐이야.”

“그럼 저를 죽여서 말리실 건가요?”

“아니. 초상화를 불태우는 걸 허락한 순간, 나에겐 지금의 너를 막을 자격 따윈 없어. 그리고 이건 충고인데, 네가 아직 예술가로 남고 싶다면 칼이 아니라 붓으로 죽여야 해.”

하야미는 굳은 표정을 풀었다.

“제가 칼로 죽이려 한다는 걸 어떻게 알았어요?”

야타니는 “구하기 쉬우니까”라고 답하려다,

“네가 무슨 생각을 하는지 안다고 했잖아”라고 뻔뻔하게 말하는 자신에게 은근히 놀랐다.

“하지만 이제 저에겐 붓이나 칼이나 다를 게 없어요.”

하야미는 하늘에 떠 있는 달을 올려다보았다.

“그래, 그래.”

“그럼, 부장, 가볼게요.”

“응, 잘 가.”

하야미는 떠났다. 주위는 완전히 어둠에 잠겼고, 야타니가 입시 학원에 늦을 거란 사실은 자명했다.

하야미의 뒷모습은 홀연히 어둠에 삼켜져 보이지 않게
되었다. 다시는 하야미를 만날 수 없으리라는 사실을 야타
니는 직감했다. 절친과의 영원한 이별 앞에서 특별히 슬퍼
하지도, 눈물을 흘리지도 않는 자신에게 야타니는 안도했
다. 자신은 인생에 패배하지 않을 것이다. 단지 구멍을 메
울 뿐이며, 하야미도 그가 메워온 수많은 구멍들 중 하나
에 지나지 않았다. 그렇게 스스로를 납득시킨 순간, 왠지
모르게 한 줄기 눈물이 그의 뺨을 타고 흘러내렸다.

11

1일차와 2일차는 아마미오시마에서 보내고, 둘째 날 밤에는 페리 안에서 숙박한 뒤, 야쿠시마로 이동해 3일차와 4일차를 보내는 것이 3박 4일간의 수학여행 일정이었다.

아마미 공항에 도착했을 무렵, 바깥에는 바다의 기운이 감돌고 있었다. 구름 한 점 없이 맑게 갠 하늘 아래, 공기는 희미한 바다 내음을 머금고 있었다. 혼슈에서는 늦더위가 기승을 부리는 9월 하순이었지만, 바다에 둘러싸여서인지 그 더위는 그리 고통스럽지 않았다. 오히려 마음이 한결 부드러워지는 기분이었다. 가을을 예감할 수 있는 바람이 가끔씩 불어왔다. 그래도 태양은 여전히 활기차게 학생들을 비추고, 형형색색의 사복과 햇볕에 그을린 피부 혹은 하얀 피부 사이로 땀이 배어 나왔다.

"아직 여름이네."

근처에 있던 누군가가 그렇게 말했다. 별 의미 없이 덧붙인 그 말이 어리석다고 생각하면서 하야미는 어쩐지 야마나카를 떠올렸다. 그러면서 속으로는 떨쳐낼 수 없는 계획을 그저 한없이 곱씹었다. 그 생각은 어젯밤에도, 비행기 안에서도 머릿속을 맴돌았고, 생각을 되풀이하는 일 자체가 어느덧 그의 습성이 되어가고 있었다. 옆에 펼쳐진 바다를 보지도 않고 일행이 서둘러 버스로 이동한 것은 아마미 해양전시관으로 가기 위해서였다. 당연히 버스 안에서도 하야미는 계획을 되새겼다.

이틀째 밤이다. 배 안에서 숙박할 때, 호조를 죽이자.

구체적으로 계획을 세우지는 않았다. 다만 살의나 파멸에 대해 생각을 거듭할 뿐이었다. 하야미는 명확하고 투명한 살의를 품는 것만을 생각했다. 그 생각은 부두처럼, 그 끝에는 아무것도 이어지지 않는다. 향하는 곳은 바다이며,

바다 너머에는 죽음뿐이다. 살의라는 중대한 감정을 품고 있는 동안에는 자신이 중대한 인간이라고 착각할 수 있었다. 수없이 허무와 절망에 찔려도 그의 허영심은 건재했다. 언제나 허영심만이 짙게 남아 있고, 그것을 능가하는 무언가는 갖고 있지 않았다. 그 무언가는 스스로 만들어낼 수 있는 것이 아닌 듯했다. 다만 타인에 의해 주어지는 절대적인 무위無爲를 하야미는 기다리고 있었다. 기다린다는 행위는 하야미에게 살의의 초조함을 강하게 각인시켰다. 혼자 약속 장소에서 서성거리면서, 올 사람을 멀리서 느끼는 그 순간의, 한가하다고도 바쁘다고도 할 수 없는 그 심정은 살의와 매우 흡사했다. 절실한 기대로 가슴이 뛰는 와중에도 시곗바늘은 무정하게 느껴지고, 기다리는 행위의 중심에 정작 자신은 없다는 착각마저 드는 그 감각. 중심에 있는 것은 기다리는 상대이며, 세계의 의미는 오직 그 사람에게만 맡겨져 있다. 살의가 중대한 의미를 갖는 까닭은, 그것이 죽이는 자가 아니라 죽임을 당하는 자에게 달려 있기 때문이다. 그리고 죽임을 당하는 자가 중대할수록 죽이는 자 역시 자신을 중대한 존재로 여길 수 있다. 마치 애타게 기다려온, 세계를 맡긴 존재와 마침내 마주한 순간의,

세계를 반으로 찢어 나누어 받는 것 같은 기분으로.

이상하리만치 짙은 색감의 낯선 풍경이 차창 밖을 지나간다. 연모도 살의도 잔상이 되어버리면 구별되지 않지만, 버스의 속도는 잔상을 남길 만큼 빠르지 않았다. 그저 조금 사물의 윤곽을 일그러뜨려 색채를 보다 농밀하게 느끼게 했다. 붕괴 직전처럼 보이는 거리 풍경은 스쳐 가는 건물들과 사람들의 그림자를 정신이 기댈 수 있는 의지처로 만들었다. 미술부실에 가지 않고 집에 갈 때는 전철 문에 기대어 저녁 하늘의 옅은 붉은빛을 받으며 이런 기분을 자주 느꼈다. 그럴 때면 어스름한 저녁 구름의 가벼움에 금방이라도 짓눌릴 것 같은 지붕들을 바라보며, 하야미는 딱히 무엇에 공감하는 것도 없이 막연한 공감을 느꼈다. 푸른 하늘이 펼쳐진 지금 이 순간도 여행지의 일상을 잘라낸 듯한 차창 밖의 풍경이 평소의 풍경과 하나도 다르지 않다는 것이 하야미를 평온한 안정으로 이끌었다. 살의를 품고 있으면서도 평온할 수 있다는 사실이 오히려 하야미를 더욱 안심시켰다.

아마미 해양전시관에 도착한 학생들은 한 시간 정도 자유롭게 전시관을 돌아다녔다. 하야미는 이튿날 함께 움직이기로 한, 여름 축제에도 같이 갔던 세 사람과 호조를 포함한 다섯 명이 한 조가 되어 전시관을 둘러보았다.

입구 가까이에 있는 수심 5미터짜리 수조가 눈길을 끌었다. 바다거북이 수조 안을 유유히 헤엄치고 있었다. 전시관 안쪽으로는 여러 개의 작은 수조가 있었고, 각 수조 안에는 다양한 종류의 물고기가 있었다. 해양전시관이라는 명칭과 달리 이곳에서 사육되고 있는 물고기나 바다거북들은 단지 사람들의 관람을 목적으로 인위적으로 수집된 것이 아니라 여러 이유로 바다로 돌아갈 수 없게 되어 보호받고 있는 존재들 같았다. 수조 하나하나가 아마미 바다와 동일한 환경으로 조성돼 있었다. 다시 말해 이 수조들은 독립된 하나의 바다였다. 구획된 관능. 유리로 둘러싸인 삶과 죽음. 그것이 이 전시관에 진열돼 있었다. 하야미는 바다를 사랑하는 일에 더 이상 어떤 거리낌도 느끼지 않게 되었다. 봄기운이 완연한 무렵, 호조가 “하야미는 바다 좋아해?”라고 물었던 일을 떠올렸다. 그때 느꼈던, 마치 자신의 가슴 깃이 찢어지는 듯한 공포에 가까운 감정은 이제 털끝만큼도 없었다. 이 작은 독립된 바다와 저 광대하고 허무한 바다는 전혀 다르지만, 서로 다른 것을 서로 다른 것으로 사랑할 수 있는 마음의 도량이 지금의 하야미에게는 있었다. 뭔가 커다란 허무를 지닌 사람은 웬만한 허무쯤은 기꺼이 받아들일 뿐 아니라 오히려 더 큰 허무를 갈망하게 된다. 커다란 공허를 메우기 위해서는 더 커다란 공허가 필요하기 때문이다. 그렇기에 하야미는 이 살의를 호조에게 고스란히 털어놓을 각오가 서 있었다. 살의 따위는 파멸에 비하면 젖먹이에 불과했다.

투명한 푸른빛으로 빛나는 수조 안에는 바다거북과 갖가지 열대어가 헤엄치고 있다. 그 큰 수조에 손바닥을 댔을 때 하야미는 뭐라 말할 수 없는 쾌감을 느꼈다. 바다 자체의 냉기인지, 수조 속 바다의 허구적인 냉기인지, 아니면 두터운 유리가 전하는 인위적인 냉기인지는 알 수 없었지만, 손바닥에 확실히 와 닿는 차가움은 어쨌든 기분 좋은 것이었다. 그렇게 하야미가 행복을 느끼며 살의 같은 건 전혀 의식하지 않는 것 같은 순간에도 그의 의식 아래에서는 살의가 출렁이고 있었다. 아마도 그것은 자신을 모순에 빠뜨리면서도 그의 존재를 더욱 단단하게 구축해주는 가면의 특성 때문일지도 몰랐다. 하야미는 살의 또한 기쁨이나 슬픔처럼 스스로 원한다고 해서 얻을 수 있는 게 아니라, 달이 밀물과 썰물을 좌우하고 비바람이 거친 풍랑이나 고요한 바다를 초래하는 것처럼, 언제나 외부로부터 주어지는 것이라고 생각해왔다. 그랬기에 살의를 감추는 가면만이 정반대의 가치관을 내세우면서도 실은 그 살의를 대변해준다고 느꼈다. 그는 슬프지 않은데도 눈물을 흘릴 만큼 연기자가 아니었고, 그런 감정을 일부러 만들어내는 시인도 아니었다. 그렇다고 타인의 감정에 의지할 수도 없었던 것은 타인을 얕잡아 보며 믿지 않았고, 타인을 믿지 않는 만큼 자신도 믿지 않았기 때문이다. 그에게 감정이나 마음 같은 '자기自己'는 언제나 타인과 관계를 맺을 때만 비로소 생겨나는 것이었고, 그래서 온전히 자기 혼자만의 것이 아니었다. 하지만 그는 완전히 무의지적인 야타니 같은 사람이 될 수도 없었다. 하야미에게 세계와 자신 사이에 생기는 긴장이나 대립을 받아들이는 방식, 그러니까 인식이나 훔쳐보기, 가면이나 파멸 같은 것들은 세계로부터 주어진 것이 아니라 세계에 맞서기 위해 그 스스로 고안해낸 것이었다. 그것은 그의 타율적인 자기 형성 속에서 유일하게 의지적이고 개인적인 부분이었다. 그래서 가면을 쓴다는 전제하에 살의와 정반대에 있는 꾸며낸 행복이야말로 가장 깊은 살의를 품은 감정이었다.

호조는 지금 뭘 하고 있을까, 주변을 둘러보았다. 다른 세 명은 눈에 띄었지만, 호조의 모습은 보이지 않았다. 어떻게든 기회를 만들어서 배에서 숙박할 때 단둘이 있을 수 있도록 미리 말을 해둬야겠다고 하야미는 생각했다. 지금 이 순간처럼 맥 빠질 만큼 아무렇지 않은 순간일수록 중요한 약속이나 고백에는 더 어울린다고 느꼈고, 살의를 전혀 느낄 수 없는 순간에야말로 자신의 가면은 더욱 존재감을 드러내며, 그 구멍으로 '엿볼 수 있다'고 생각했다. 같은 조의 세 명에게 물으니, 호조는 여자아이들과 함께 바다거북에게 먹이를 주러 간 모양이었다. 야마나카와 호조가 나란히 서서 바다거북에게 먹이를 주는, 그런 세속적인 행복을 그린 만화를 하야미는 상상했다. 그리고 그런 상상에 머물 수 있다는 것에 만족하며, 실제로 호조를 찾아가지는 않았다. 더 이상 두 사람의 추한 모습을 엿볼 필요는 없었다. 인식과 존재의 대립에 관한 하야미의 관심은 점차 희미해지고 있었다. 초상화를 불태웠을 때, 마음속에 쌓여 있던 그을음이 이미 그 해답이었다. 어느 쪽의 승리도 패배도 아닌, 그저 재만 남았다는 사실이야말로 완전한 미에 대한 도전의 비참한 결말이었다.

첫날 밤, 호텔 방의 배정에 따라 하야미는 호조가 아닌 다른 두 친구와 한 방을 썼다. 고등학생다운 음담패설과 연애담을 적당히 얼버무리며, 카드게임과 잡담으로 시간을 보내는 사이 어느덧 이틀째 아침이 밝아오고 있었다.

이튿날 자유시간 동안, 하야미 조는 거의 대부분의 시간을 바다에서 보내기로 했다. 섬 안에서 쓸 수 있는 1일 버스 티켓을 들고, 호텔에서 삼십 분쯤 떨어진 해안으로 향했다. 그곳에서 스노클링이나 다이빙을 체험할 예정이었다. 늦더위 때문인지, 날씨를 걱정하는 사람은 아무도 없었다.

버스에서 내리자 공기 속에 바다 냄새가 묻어 있었고, 잔잔한 파도 소리가 멀리서 들려왔다. 수십 분 뒤, 수영복으로 갈아입은 일행의 눈앞에는 눈부신 바다가 펼쳐졌다. 멀리까지 수심이 얕은 내해여서 그런지, 파도는 전혀 거칠지 않았고, 에메랄드빛을 띤 청록의 물결이 고요히 일렁였다. 맑고 투명한 수면은 멈춰 있는 듯 보였고, 섬세하고 치밀한 빛의 반사만이 그것이 바다임을 증명하고 있었다. 수

평선은 부드럽게 바다와 하늘을 가르고 있었고, 멀리 보이는 산들은 존재조차 의심스러울 만큼 흐릿해, 바다가 세상을 차단하고 있는 것 같은 기분이 들었다. 육지의 소란스러움이나 생활의 냄새가 묻어나는 소리와는 무관한 세계가 절대로 풀릴 수 없는 실로 짜여 펼쳐져 있었다. 그 조용한 아름다움은 푸른 바다뿐만 아니라 하얀 모래와 산호 조각들, 가까이 있어도 멀리 들리는 듯한 푸르른 파도 소리, 콧속과 머리칼을 간지럽히는 바닷바람에도 배어 있었다. 대낮의 바다는 삶의 얼굴만 보여준다. 하지만 그것은 잔인할 정도로 밝은 죽음의 이면이기도 하다. 연한 초록 잎 한 장을 햇빛에 비춰 보면, 앞면과 뒷면의 잎맥이 하나로 이어져 있다는 걸 깨닫게 되듯이, 삶은 죽음과 어딘가에서 잎맥을 공유하고 있다. 그러면서도 삶과 죽음은 둘 다 경계가 모호한 물가처럼 사람의 상상력을 자극한다. 실제로 물에 닿았을 때 느껴지는 차가움과 은근한 바닷물의 느낌은 상상을 넘어선 실재의 존재감을 확인시켜준다. 상상과 실재라는 예술성의 근간이, 관능성을 머금고 흘러가는 이 풍경이야말로 바로 바다였다.

"역시 바다는 좋아."

"그러게."

무심코 새어 나온 하야미의 말에 호조가 동의했다.

결코 햇볕에 그을리지 않을 듯한 하얀 피부가 눈앞에 있었다. 불필요한 지방은 전혀 없고, 깎아낸 듯한 몸엔 약간의 근육이 조각처럼 그림자를 드리우고 있었다. 맑고 투명한 햇빛을 받아 희미한 체모가 금빛으로 빛나 보였다. 벌거벗은 아름다움에 직면한 하야미는 살의마저 잊어버릴 뻔했다. 시간조차 거스를 수 없는 완전한 미가 그곳에 존재하고 있었다. 육체는 시간에 따른 노화나 쇠퇴를 피할 수 없으므로 원래는 완전할 수 없다고 하지만, 호조만은 그 법칙, 태양계를 지배하는 절대적인 법칙에서 벗어나 아직 우주에서 현상되지 않은 존재였다. 본인이 그 존재를 자각하고 있는지는 알 수 없지만, 그 불분명함이 얼굴에 떠오른 미소처럼 아름다운 장식이 되었다.

이런 아름다움을 이제는 믿을 수가 없었다. 하지만 이 세상에 믿을 수 있는 것이 아직 남아 있다면, 그것은 이 아름다움 말고는 없을 것이다. 하야미의 머릿속을 빙빙 도는 사고의 순환선에는 다시 그 악랄한 운전수가 차를 몰고 있었다. 차창 밖으로 보이는 풍경은 잔물결처럼 느릿하지만 결코 멈추는 법이 없었다.

일행은 스노클링과 다이빙을 즐겼다. 바닷물에 온몸이 감싸이면서도 끊임없이 거부당하는 듯한 느낌이 들었다. 무한한 바닷물에 젖어 있어도 몸 어딘가가 마른 듯했다. 바다를 바라보는 것만으로 그 느낌을 예감하고 있던 하야미는 자신의 시선이 아무런 과장 없이 사물을 있는 그대로 바라보고 있다는 사실을 새삼 깨달았다. 바닷물과 햇살이 너무나 기분 좋았다.

오후 5시쯤 되어 다섯 명은 샤워를 하고 옷을 갈아입었다. 점심도 거른 채 노는 데에만 정신이 팔려 있었기에 한 친구가 간단히 뭐라도 먹자고 말했다. 그러나 하야미는 해 질 녘 바다를 바라보고 싶어서 거절했고, 호조도 배고프지 않다며 해변에 남겠다고 했다. 두 사람을 남겨두고 나머지 세 명은 근처 레스토랑으로 향했다.

파도 소리가 두 사람 사이로 번져갔다. 아직 다 마르지 않은 머리카락에 바닷바람이 스쳤고, 소금기가 얇은 막처럼 몸을 감싸는 것이 느껴졌다. 이토록 바다에 물들고도 바다 그 자체가 될 수 없는 인간의 본성을 하야미는 안타까워했다. 만약 인간이 바다와 하나가 될 수 있다면 예술가의 존재 의미는 사라지겠지만, 미의 존재 의미는 지금보다 더 깊어질 것이다.

"피곤하네."

호조는 중얼거리며 모래사장에 주저앉았다.

"그래, 정말 피곤해."

하야미도 그 옆에 앉았다.

달에 의해 밀물과 썰물이 좌우되는 바다는 그 빛깔마저 하늘에 내어준 듯했다. 노을 진 하늘은 너무나 아름다웠고, 바다도 옅은 붉은빛으로 빛나고 있었다. 하야미는 그 순간 자아의 그림자가 닿지 않는, 그가 가장 사랑할 수밖에 없는 아름다움을 지닌 찬란한 황금빛 물결을 보았다.

"있잖아, 호조. 마지막으로 바다에 온 게 언제였어?"

"너무 옛날이라 기억도 잘 안 나지만, 아마 십 년 전이 마지막이었을 거야."

"물에 빠졌던 그날인가?"

호조는 침묵으로 답했다.

하야미는 호조와 자신 사이에 작은 유리 조각이 떨어져 있는 것을 발견했다. 지금까지 밟지 않은 것을 다행으로 생각하며, 그것을 집어 들어 햇빛에 비춰 풍경을 들여다보았다. 유리 너머의 바다는 아무런 감흥이 없었지만, 깨진 유리가 햇빛을 가득 머금은 모습은 아름다웠다. 유리 안에 채워진 잔광으로 투명함은 한층 더 또렷해졌다. 파편에 햇빛이 쏟아진다. 그것만으로도 유리의 투명한 구조가 다시금 산산이 부서지는 것처럼 보였다. 무언가를 부순다는 것은 무언가를 비추는 것과 꽤 닮아 있었다.

하지만 그것은 파편 자체의 아름다움은 아니었다. 파편이 스스로 부서지려는 의지로 빛난 것도 아니고, 태양이 파편을 부수려는 의도로 비춘 것도 아니었다. 하야미는 파편과 자신을 하나의 선 위에 겹쳐놓았다. 어쩌면 사람은 누구나 이 유리 파편 같은 존재일지 모른다. 파편은 태양 때문이 아니라 스스로 빛을 내고 있다고 믿으며, 일정한 밝기로 계속 반짝인다.

해가 지면 사라질 그 빛을 사람들은 영원히 간직할 수 있다고 믿는다. 누군가가 모래사장에서 건져 올려주지 않는 한, 온몸으로 햇살을 받을 수 없는데도 말이다. 그렇다면 바다도 유리 파편이 확대된 형태일 뿐일까. 아니, 그건 다르다. 바다는 미지의 총체이기 때문에 모든 빛을 받아들이지 않더라도 스스로 빛을 내는 지점이 어딘가에 있을지도 모른다. 그리고 바다는 빛뿐만 아니라 어둠에도 비춰진다. 바다는 파편과 달리 늘 무언가를 가득 품고 있다. 모든 것을 허용하면서도 밀어낼 수 있는 그 능력은 바다만이 가진 것이다. 문제는 유리 파편에 불과한 보통 사람이 자신을 바다라 착각하고, 존재하지도 않는 미지의 영역이 있다고 믿어버리는 데 있다. 예외란 세상에 단 한 명뿐이기에 예외라고 부를 수 있는 것이다.

"아름답다. 전혀 다르긴 한데, 하야미가 그렸던 그림이 생각나."

"1학년 때 그거? 여행지에서 본 심야의 바다를 그린 거였지. 뭐, 별 볼일 없는 그림이야. 나는 눈에 보이는 것밖에 그릴 줄 몰라서, 내 그림은 생기가 없고 평면적이야. 이렇게 지금 눈앞에서 끊임없이 맥박 치는 바다에 비하면, 그냥 바다의 시체 같은 그림이지."

"글쎄, 이 풍경과는 많이 다르지. 어두운 바다를 그린 그림이니까. 아무튼 난 그 그림이 마음에 들어."

"호조가 좋아하는 게 바다인지 내 그림인지 모르겠다."

"바다가 좋으니까 바다를 그린 그림도 좋은 거지."

"그렇군. 나한테 그 둘은 완전히 다른 걸로 느껴지는데."

하야미는 손에 쥐고 있던 유리 파편을 모래사장에 내려놓았다. 말없이 앉아 있자 이번에도 먼저 침묵을 깬 것은 호조였다.

"저기, 뭐 하고 싶은 말 있어?"

"……아, 있어."

하야미는 호조라는 남자가 감상의 재능도 있다는 것을 떠올렸다. 이 남자 앞에서 가면을 쓴다는 것은 애초에 불가능한 일이었을지도 모른다. 그럼에도 지금까지 하야미가 그 불가능을 해낼 수 있었던 것은 호조가 가면에 대해 아무런 언급도 하지 않았고 관심조차 두지 않았기 때문이었다.

가슴속에 응어리진 무언가가 맑게 흐르는 강물에 씻기듯 흘러가는 것을 느꼈다. 말은 이상하리만큼 술술 나왔고, 전혀 거리낌 없이 물을 수 있었다.

"오늘, 바다를 보면서 무슨 생각이 들었어? 십 년 전에 세상을 떠난 가족이나, 거의 죽을 뻔했던 그때의 너를 잠깐이라도 떠올렸어?"

"응, 생각은 했지. 하지만 가족이 그립거나 하진 않았어. 바다에 들어가는 게 무섭지도 않았어. 그냥, 오늘은 정말 즐거웠어."

호조는 망설임 없이 대답했다. 석양의 여운에 얼굴은 주홍색으로 물들었지만, 눈빛과 미소만은 예전과 다름없는 색조를 간직하고 있었다. 손에 칼이라도 있다면 당장이라도 죽이고 싶을 정도로 호조는 아름다워 보였다. 미의 파멸을 불러오기 위해 하야미는 칼 대신 어리석게도 말을 사용했다.

"생각했다는 게 무슨 뜻이야?"

"말 그대로야. 그냥 불단에 놓인 얼굴이 떠올랐고, 장례식이라든가 그날의 바다 느낌 같은 게 어렴풋이 생각났어."

"정말 그게 다야? 하나도 슬프지 않았어?"

"아, 내가 일곱 살 때의 일이니까."

호조조차 시간에 지배되고 있다는 사실에 하야미는 실의와 환희를 반반쯤 느꼈다. 그러나 그 눈빛에 어떤 숙명의 기미도 깃들지 않았다는 것을 깨닫자, 실의가 먼저 수그러들고 환희도 함께 엷어졌다. 하야미는 침착하게, 마치 그림을 보는 듯한 심정으로 신성하고도 온화한 옆모습을 바라보았다. 그 순간 가면 바로 아래에서 반작용처럼 부풀어 오른 '말하고 싶은 욕망'을 하야미는 더는 억누를 수 없었다.

"나는, 바다가 싫어질 때가 있어."

"왜?"

"나는 소멸하는 것들이 좋아. 그 안엔 예술성과 상상력이 있어. 그리고 소멸한다는 사실이 존재를 증명해주기도 하니까. 그런 소멸에서 구해내고 싶어서 풍경을 그림 속에 가두는 게 예술가의 존재 이유라고 생각했어. 그런데 최근에 영원히 소멸하지 않을지도 모르는 어떤 것을 알아버렸어. 그래서 오히려 그것이 소멸하는 몽상을 하게 됐어. 하지만 몽상은 어디까지나 몽상이기에 가치가 있는 거고, 난 모든 걸 머릿속에서 다 끝내버리는 성미라 애초에 실존 같은 건 바라지도 않았어.

바다는 소멸의 상징처럼 느껴지지만 결코 소멸하지 않아. 흙에서 태어난 것이 아니니 흙으로 돌아가지도 않지. 어리석은 망상 같지만, 내가 등굣길에 보는 가로수나 아파트 같은 건 언제 사라져도 이상하지 않아. 이를테면 세상이 멸망하는 날이 오면 나도, 아파트도, 가로수도 다 똑같이 사라질 테니까. 그런데도 동시에 바다는, 바다만은 소멸하지 않을 거라고 느껴. 바다가 소멸할 때는 세상도 소멸하겠지. 숲은 시들고, 대지는 썩고, 사람은 죽고, 하늘은 탁해지고, 나도 죽겠지. 그렇게 세상이 소멸한 순간에도 바다는 절대로 죽지 않을 것 같아. 탁해 보일지라도 그건 단지 하늘을 비춘 모습일 뿐이고 바다 자체, 그 파도는 거칠어졌다 잔잔해지면서 언제나처럼 그렇게 펼쳐져 있을 거야.

바다는 절대로 나와 함께 죽지 않아. 정말 만에 하나 함께 죽는 일이 생긴다면, 그건 더 이상 바다가 아니게 되는 것과 같아.”

“이상하네. 바다가 싫다고 했잖아? 그런데 지금 말하는 태도를 보면, 네가 진심으로 그렇게 생각하고 있다는 게 믿기지 않아.”

“모르겠어. 좋은 건지, 싫은 건지.”

“그럼, 모른 채로 두면 되잖아.”

하야미는 호조를 바라보며, 마치 살의를 어딘가에 두고 온 듯한 기분이 들었다. 누군가를 죽이고 싶다는 생각조차 들지 않게 만드는 완전한 아름다움과 타인을 허락하지 않는 신성함이 저녁노을처럼 은은하게 피어올랐다. 원래 감수성이 풍부하고 기분에 휘둘리는 면이 있기에 하야미는 그 찰나의 순간만큼은 모든 걸 잊어버리고 죽이는 걸 포기하고 싶다는 생각마저 들었다. 그럼에도 그날 불태운 초상화의 잿더미가 이 바다와 멀리 떨어진 어딘가에 여전히 부유하고 있다면, 예술가로서의 긍지를 모두 소진해서라도 이 행동은 반드시 이루어져야만 했다.

"그 말도 맞아. ……호조는 바다의 어떤 점이 좋아?"

"나? 나는 별로 깊이 생각하지 않는 성격이라. 너처럼 머리도 좋지 않고 말로 잘 표현할 줄도 모르고……."

잠시 침묵하던 호조는 갑자기 벌떡 일어나 얕은 물가로 걸어갔다. 그리고 그대로 곧장 앞으로 나아갔다. 호조가 기억처럼 멀찍이 작아 보이고 정강이가 바닷물에 잠길 즈음에야 하야미는 간신히 쫓아가 그의 왼팔을 낚아챘다. 붙잡은 팔은 약간의 근육이 붙어 있었고, 손의 촉감을 통해 안쪽의 단단한 뼈마디가 느껴졌다. 뼈마저 완벽한 형태였다. 호조는 태어날 때부터 완전한 존재였다.

"너, 발이 안 닿는 데까지 갈 생각이었지?"

"눈치챘어?"

"글쎄. 네가 무슨 생각을 하는지는 한 번도 알 수 없었지만, 네가 무슨 행동을 할지는 왠지 알 수 있거든."

"그래도 이제 내가 바다를 좋아하는 건 알겠지?"

"나는 바다의 어떤 점이 좋냐고 물은 거야. 이런 짓까지

하지 않아도 네가 바다를 좋아한다는 것쯤은 알고 있었어.”

“어떻게?”

호조는 미소 지었다. 아까보다 더 저문 석양이 여전히 주홍빛으로 그의 단정한 얼굴을 비추고 있었다. 하야미는 잡은 왼팔을 놓지 않은 채 호조의 눈빛에 자신의 시선을 휘감으며 대답했다.

“네 초상화를 그릴 때, 바다를 그리고 있는 것 같은 기분이었으니까.”

“……그렇군.”

괜스레 멋쩍어진 두 사람은 서로 얼굴을 마주 보고 웃었다. 함께한 시간은 짧지 않았지만, 이렇게 함께 웃는 건 처음 같았다.

“그만 갈까?”

“응.”

해변으로 돌아가는 길에 두 사람은 말이 없었다. 시간이 평소처럼 가속을 붙여 흐르지 않고 완만한 경사를 일정한 속도로 내려가듯 흘러갔다. 느긋하고 기분 좋은 침묵이 발밑의 하얀 파도처럼 그들의 주위를 감싸고 있었다. 이 세상에 단둘만이 나눌 수 있는, 한없이 죽음에 가까운 이 침묵을 간신히 말로 빚어내기 위해 살아가는 것이 사랑이 아니라면 도대체 무엇이 사랑일까, 하야미는 알 수 없었다.

해변에 도착하자마자 하야미는 침묵을 깼다.

"오늘 밤 배에서 묵을 때, 새벽 3시에 갑판에서 기다리고 있을게. 아직 너랑 더 하고 싶은 얘기가 있어."

잠시 의아한 듯한 표정을 지은 호조는 몇 초 동안 하야미를 바라보다가, 앞쪽 계단 위에 세워진 목제 아치 너머에서 이쪽으로 다가오는 세 사람을 향해 시선을 돌렸다. 호조는 그들을 향해 손을 흔들며 "알았어"라고 작게, 그렇지만 분명하게 대답했다.

청바지의 무릎 아래부터 신발까지 흠뻑 젖었지만, 두 사람 모두 신경 쓰지 않았다.

12

악천후일 때는 갑판으로 이어지는 문이 잠기지만, 그렇지 않을 때는 항상 열려 있다는 것을 하야미는 알고 있었다. 권할 만한 행동은 아니지만 교사나 선원, 경비원에게 들키지 않는 한 위험하다는 이유로 제지당할 일은 없었다.

하야미는 어젯밤과 같이 두 친구와 함께 쓰는, 도시의 호텔처럼 단정한 특등실에서 침대에 누워 있었다.

전세로 배를 빌린 덕분에 꽤 좋은 방이 모두에게 골고루 배정되었다. 몸을 일으킨 그는 공항에서 위탁 수하물로

부쳤던 여행 가방을 열어 갈아입을 옷과 칼을 꺼냈다. 잠옷 차림으로 가자니 어울리지 않을 것 같아서, 내일 입으려던 얇은 셔츠에 상의를 걸치고 긴 바지를 입었다. 이런 상황에서도 옷차림에 신경 쓰는 자신에게 하야미는 예전처럼 기가 막혀 고개를 저었다.

같은 방을 쓰는 두 친구는 푹 잠들어 있었다. 낯선 배 안에서 자는 것이긴 해도 하루 종일 바다에서 놀았으니 당연한 일이었다.

머리맡에 둔 손목시계를 차고 하야미는 소리도 내지 않고 방을 나섰다.

새벽 2시 40분. 시속 약 16노트로 운항하는 페리 위로 매서운 바람이 불고 있다. 사방에는 어둠의 장막이 내려앉아, 여름의 더위는 자취도 없이 사라지고 옅은 가을의 기운만이 몸을 스쳐 지나간다.

그러나 완전한 암흑은 아니다. 희미하지만 백색 조명이 켜져 있고, 이따금 보름달의 달빛이 옅은 구름에 희미하게 가려지면서도 갑판까지 도달하고 있었다. 남서쪽 언저리에 떠 있는 달빛 몇 줄기는 파도에 부서져 어스름한 어둠 속으로 삼켜졌고, 다시 몇 줄기는 금빛으로 반짝이며 수면 위에 반사된다. 심각할 정도로 아름다운 어둠은 눈에 보이지 않는 깊은 곳에만 조용히 가라앉아 있었다. 철제로 된 하얀 난간에 기대어 하야미는 호조가 올 때까지 바다 위의 어둠이 가느다란 백색의 빛 조각을 띄우고 흘려보내는 광경을 지켜보았다.

희미하게 번져 흐르는 듯한 빛은 호조가 뿜어내는, 불빛에 모여드는 날벌레 같은 시선에 끊임없이 침식되는 광휘와 닮아 있었다. 그 광휘는 아무런 집착도 강요도 없이 특정한 한 지점만을 비추는 등불이 아니었다. 오히려 어둠을 드러내고 빛조차 희미하게 만드는, 무언가를 비추려는 의지조차 없는 반어적이며 불평등한 빛의 작용이었다. 수많은 불빛에 이끌리는 날벌레들은 그 빛의 작용을 모두에게 공평하게 주어진 거절이 아니라 자신만이 받은 거절이라 여기고, 세상으로부터의 단절과 일탈이라고 착각한다. 그렇게 빛에 들키지 않고 빛을 바라볼 수 있다는 안도감에서 절반은 냉정하게, 절반은 열정적으로 그 불빛 주변에 계속 모여든다.

용서라는 행위를 호조는 무의식중에 해내고 만다. 초상

화를 처음 그릴 무렵엔 '보여진다'는, 언뜻 수동적으로 보이는 행위를 관찰자에게 요염함을 드러내듯이 능동적으로 해냈다. 나 때문인지 '보여지는' 것에 익숙해진 호조는 아무것도 바라보지 않으면서도 누군가에게 보여지는, 미의 정수와도 같은 존재 방식을 아무 자각도 없이 자연스레 구현해냈다. 그가 지닌 무관심이 불에 홀려 드는 날벌레들을 부추기고, 날벌레들은 불에게 자신을 각인시키려 자포자기한 채 그 불빛 속으로 날아든다. 목숨을 걸어도 불은 무심히 일렁이기를 멈추지 않는데도 말이다.

하지만 나 역시 그런 날벌레였다. 그 녀석에게 이끌렸고 그를 죽이려 하면서도 결국은 내가 그에게 죽임을 당한다. 사실 나는 호조를 칼로 죽인 뒤 시체와 함께 나 자신도 바다에 몸을 던질 생각이었다. 예전에 나는 자살이란 인식을 포기하는 일이자 자기 자신을 모독하는 행위라고 여겼지만, 이 세상에 더 이상 바라볼 것이 남아 있지 않다면 인식하는 자는 이미 죽은 것이나 다름없고, 따라서 자기 모독도 되지 않을 것이다.

애초에 자살이라는 행위에 따라붙는 정신적인 나약함과 물러터짐, 한심한 분위기를 필요 이상으로 연출하려 드는 무대 배우 같은, 비극의 질척한 향과 맛에 진저리가 나 있었지만, 그것은 자살의 본질이 아니다. 자살의 본질이란 의지의 위탁이다. 투신에서는 중력이, 분신에서는 맹렬한 불길이, 음독에서는 독약이, 교수에서는 밧줄이, 할복에서는 은빛 칼날이, 입수에서는 바다의 의지가, 그리고 동반자 살에서는 곁에 나란히 있는, 자기와 닮은 심장을 지닌 마음이 그 사람을 죽인다. 자살은 죽음을 의지적으로 획득하는 것이 아니라 자신의 죽음을 내주어도 괜찮다고 여길 만큼 사랑하고 의존했던 어떤 대상에게 죽음을 위탁하고 나누는 방식으로 죽임을 당하는 것이다. 이는 결국 본질적으로는 의지를 포기하는 것이며 의지를 초월한 행위다. 그래서 모든 자살에는 사건이나 사고에는 없는 어둡고도 축축한, 금속처럼 차갑고 달콤한 서정이 배어 있다. 가장 어리석으면서도 가장 쾌감에 가까운 정서가 혼재된 채 파멸을 향해 나아간다. 중력이나 독약, 바닷물 같은 죽음의 매개는 함께 죽고자 했던 상대만 죽이고 스스로는 다시 살아나는 이기적인 속성이 있기에 자살에는 개성이 없다. 하지만 그 이기심, 즉 자신이 특별하지 않다는 자각이 오히려 편안하다. 왜냐하면 자신이 특별하지 않다는 사실이야말로 누군가의 특별함을 더욱 돋보이게 하는 데 충분히 값진 역할을 하기 때문이다.

새벽 2시 52분. 아직 호조가 올 기미는 없고, 바람은 끊임없이 거칠게 몰아치고 있다. 흐르는 풍경의 색조만이 일정하다.

손에 쥐고 있던 칼집 없는 칼을 밤공기 속으로 꺼내 들었다. 칼끝을 달빛에 비추자 은빛 날이 조용히 빛났다. 초승달 쪽이 상상의 여지를 남긴다는 점에서 더 예술적이라 생각했지만, 이제 하야미는 달 표면에 상상으로 착륙할 수 있을 정도의 낭만은 상실했기에 오늘 밤처럼 밝게 뜬 보름달에 매혹되고 있었다.

특별한 장식도 없는 평범한 칼은 날카로운 날에 길이가 10센티미터쯤 되고 검고 섬세한 곡선의 손잡이가 붙어 있다. 이렇게 작은 흉기가 세상의 모든 것을 파멸로 이끌 수 있다는 예감은 하야미를 황홀하게 만들었고 살의에 대해 더 깊이 생각하게 했다.

내가 호조에게 품고 있는 살의를 어떻게 고백해야 할까. 이 칼처럼 싸구려 같은 살의를 뭐라도 되는 양 말하면서도 싸구려인 그대로, 이 싸구려가 세상을 찢을 수 있다는 사실까지 전혀 시적이지 않게 담담히 말하려면 어떤 고백이 어울릴까. 자신의 감정을 고백할 때 그 감정은 어느 정도 과장되기 마련이다. 내가 호조를 죽이려고 할 때 나는 이 진부한 흉기를 세상에서 가장 날카롭고 생명을 빼앗기에 가장 걸맞은 무기로 여길 것이다. 그렇다면 어떻게 해야 이 살의를 아무런 꾸밈도 과장도 없이 털어놓을 수 있을까.

아니, 애초에 고백이라는 주제넘은 행위 자체가 잘못이었다. 파멸은 고백이 필요할 정도로 숨겨야 할 관념이 아니다. 단지 예견된 파멸이 예정대로 실행되는, 이른바 예정 조화일 뿐이다.

말 따위는 필요 없다. 내가 진심으로 고백해야 할 것, 그토록 숨겨왔던 감정은 아마 살의도, 파멸을 바라는 욕망도 아니었을 것이다. 그것은 분명——

문득 저녁의 침묵이 떠올랐다. 그 침묵은 참으로 근사했다. 나와 호조가 파도 사이를 떠다니는 물거품처럼 한데 엉켜 흩어지고 사라지는 느낌이었다. 그것은 정말 찬란한 침묵이었다.

역시 그것은 사랑이었다. 그렇다, 나는 호조를 좋아했던 게 아니라 사랑하고 있었던 것이다. 예전에 나는 사랑이란 공동의 환상을 함께 키우는 것이라고 말했지만, 그것은 사랑이라는 복합적인 감정의 일면에 지나지 않았다. 다의적인 사랑의 가장 깊은 의미는 환상을 현실로 끌어올리는 맹신이었다. 그것은 예리한 관찰 위에 세워진 맹목성이며, 사랑하기에 가능한 과신이자 예술적인 과신이다. 결국 사랑이란 상상하고 믿는 것이었다. 피상적인 것에 머물지 않고, 결코 눈에 보이지 않는 본질을 일부러 보려고 애쓰지 않은 채 '보이지 않는다'는 사실을 그대로 믿는 것. 보이지 않는 것은 보이지 않는 그대로, 모르는 것은 모르는 그대로, 침묵은 침묵 그대로 받아들이며, 그저 상대 안에 보이지 않는 본질이 존재한다고 상상하고, 그것을 믿는 마음을 가지는 것. 그래야만 비로소 우리는 그 대상을 사랑한다고 말할 수 있는 것이리라. 마치 지금 이 눈앞에 펼쳐진 어둠을 사랑하듯이.

새벽 3시 3분. 호조는 오지 않는다. 바람은 여전히 거세게 불고, 페리는 으르렁거리는 소리와 함께 물살의 자국을 남기며, 대양의 고요하고 광막한 기운을 찢고 나아간다. 하야미는 칼을 쥔 채 난간에 기댔다.

이제는 더 이상 아무 생각도 들지 않았다. 단지 침묵하고 있는 것에 하야미는 형언할 수 없는 만족을 느꼈다.

새벽 3시 10분. 호조는 아직 오지 않았다.

그와 마찬가지로 바다는 아직 어둠을 품고 있었다.

새벽 3시 17분. 뒤쪽에서 발소리가 났다. 하야미는 칼이 호조에게 보이지 않도록 상의 안쪽에 숨겼다. 그 존재를 알리던 미세한 발소리는 그쳤지만, 하야미는 뒤돌아보지 않았다.

한동안 정적이 흘렀다. 경솔하게 이 정적을 깨뜨리지 않고 "할 말이 뭔데?"라든가 "무슨 일이야?"라고 묻지도 않고, 조금 늦은 것에 대해 아무 말도 하지 않는 호조가 하야미는 역시 마음에 들었다.

"예쁘지, 밤바다도."

하야미는 바람 소리에 지지 않으려고 목소리를 높였다.

"어두워서 아무것도 안 보이는데."

조화롭고 듣기 좋은 호조의 목소리가 들려왔다.

"……그러니까, 그러니까 예쁜 거야."

바람과 페리가 내는 소리만이 주위를 채웠다. 하야미는 마음을 정했다.

"호조."

“…….”

“호조.”

“…….”

“나는, 나는 너를 줄곧——”

“저기.”

그 한마디에 하야미의 고백은 끊겼다. 몹시 차갑게, 파도를 가르며 나아가는 페리의 굉음마저 잠재울 만큼 울려 퍼졌지만, 그 말은 평소처럼 담담하고 그리 크지 않은 목소리로 내뱉어진 한마디였다.

그리고 호조는 완전히 같은 목소리로 말했다.

“나를 죽일 거냐, 하야미?”

하야미는 자신의 귀를 의심했다. 전율과 경악이 그의 심장을 더욱 세차게 뛰게 했다.

그 순간 자신도 모르게 뒤를 돌아보았다. 하얀 셔츠를 입은 호조에게는 잃어버린 줄로만 알았던, 비할 데 없는 광채가 다시 나타나 있었다.

호조는 분명히 미소 짓고 있었다. 완벽하고, 어딘가 허무한, 무관심의 미소였다.

“……아, 아아.”

그것은 말이 아니었다. 대답도 아니었다. 다만 입가에서 새어 나온 소리였을 뿐이다. 하야미는 말을 잃었다. 그토록 뭔가를 말하려고 애썼던 하야미는 결국 아무 말도 하지 못했다.

모든 게 환상이었던 것처럼 느껴졌다. 심지어 그 환멸조차 환멸의 그림자에 지나지 않았다.

"하지만 이제 됐어. 안 할 거야."

마른 낙엽을 비비는 듯 건조한 웃음기를 머금고, 하야미는 간신히 그렇게 말했다. 무엇이 우스운지 그 자신도 알지 못한 채로.

품속에 숨겨둔 칼을 바다에 던졌다. 은색의 희미한 빛이 깊은 어둠 속으로 소리도 없이 빨려 들어갔다. 혹시 그 칼끝이 바다 속에 꽂힌다면, 그곳에서 붉은 피가 먹물처럼 번지듯 피어오를까, 하고 하야미는 생각했다.

하야미는 다시 호조를 바라보았다. 보고 있는데도 보고 있지 않은 것 같은 기분이 들었다. 그리고 점차 제 기능을 되찾은 뇌가 그 현실을 인식하자 하야미는 말없이 생각에 잠겼다.

나는 더 이상 호조를 사랑할 수 없다. 가면의 구멍으로 엿보는 눈은 인식하는 대상에게조차 구멍을 낸다. 그 구멍을 통해 대상을 엿보면 대상의 내부까지도 보이게 된다. 하지만 내부를 엿본다는 것은 모든 내부가 간직한 은밀한 신비와 숨겨진 것에서 피어나는 관능적인 향기, 부드러운 거절에서 오는 감각적인 쾌감을 순식간에 말살시키는 행위였다. 그렇게 인식된 사물은 나에게는 내부도 외부도 동일한, 이미 사랑할 가치조차 없는 '이미 아는 것'이 되고 만다. 그러나 호조는 장미의 꽃잎이나 바다처럼 처음부터 내부도 외부도 없었다. 아무것도 알 수 없는 인간이었다. 그런데도 호조는 나의 살의를 알아챘다! 적어도 나에게 죽임을 당할 것이라는 사실을 이해했다. 그 순간 호조의 모든 것이 눈에 보이고 색채와 향기로 피어올라 이 손으로 만질 수 있는 존재가 되었다. 바다가 제멋대로 나를 죽이는 것이 아니라 제멋대로 나에게 죽임을 당한다고 바다 스스로 느꼈다면, 그것은 얼마나 참담한 환멸이겠는가. 하지만 이 환멸은 또 얼마나 황홀한가! 한 방울의 피가 바다에 떨어지는 것조차 참을 수 없었던 내가 이제는 스스로 피가 될 수 있다는 사실에 벅차오른다. 나의 행위가 바다에 영향을 끼치고, 바다는 나를 특별한 존재로 여겼다. 존재하지 않아야 할 바다의 내부가 바다 스스로 내게 열어 보이고, 나는 분명히 그 깊숙한 안쪽을 엿보았다. 과연 바다는 나를 구원할까, 아니면 함께 죽을까. 어느 쪽이든 바다라는 이상은 파괴되겠지만, 그 파멸은 분명 내가 원하던 파멸이다.

그러나 만일 바다가 나를 외면하고 오직 나만을 죽인다면, 지금까지의 모든 환상도, 환멸도, 모든 행위도 사라질 것이다. 각오도, 결의도, 후회도, 망설임도, 애증도, 운명조차도 이제부터 일어날 일은 나와 무관하게 된다. 만일 모든 것이 단지 나의 인식에 불과하다면, 바다는 결코 파멸하지 않고 완전한 미는 완전함 그대로 파도의 흐름에 따라 리듬을 이어가며 삶과 죽음을 반복할 것이다. 파멸해가는 나에게 단 한 번의 눈길도 주지 않고, 설령 본다고 해도 늘 그랬듯 무관심한 눈빛일 뿐. 내가 사랑하는 바다가 영원히 사랑받는 형상으로 머무는 것, 그것은 인식의 승리이며, 그 또한 파멸에 버금갈 만큼 더없이 황홀하다.

바로 이것이 완전한 미에 대한 도전이다. 도전을 통해 시험당하는 것은 내가 아니라 완전한 미 쪽이었다. 언젠가 야타니 부장은 인간은 인생을 이길 수 없다고 말했다. 그것은 인생이 제시하는 선택의 범위 안에서만 인간은 살아갈 수 있기 때문이다. 하지만 만약 인생 그 자체에게, 환상 그 자체에게, 파멸 그 자체에게 이쪽에서 선택을 강요할 수 있게 된다면, 아무것도 선택하지 않는 미라고 하는 위협에 무언가를 선택하게 만들 수 있다면, 그것이야말로 완전한 미에 대한 도전일지도 모른다.

모든 것을 간파당한 찰나, 자신이 호조에게 품은 감정의 정체를 하야미는 거의 확신에 가까운 형태로 겨우 이해했다고 느꼈다. 연정이라 부르기에는 너무 정숙하고, 사랑이라 부르기에는 너무 외설스럽고 불경한, 이름을 붙이기 어려운 이 감정에 간신히 이름을 붙이자면, 그건 '행복'밖에 될 수 없다고 느꼈다. 자신이 스스로 꾸며낸 일시적인 행복이 아니라 언뜻 보기에는 불행과 닮아 보이지만 세상에서 자연스럽게 태어난 현실적인 행복이었다.

하야미는 다시 어두운 바다와 마주했다. 양손으로 난간을 꽉 잡았다. 철의 달콤한 차가움이 거센 바람과 차가운 밤공기로 인해 이미 오그라든 손바닥에 스며들었다.

오른발을 난간에 걸쳤다. 그대로 차내듯 하야미는 몸을 허공에 던졌다. 아무 말도 남기지 않은 채 몸을 던졌다. 침묵이 그 무엇보다 훌륭한 웅변으로 느껴졌기 때문이다.

세상은 저예산 영화의 슬로모션처럼 보였다.

눈앞에는 광막한 어둠이 펼쳐져 있었다.

밤의 바다는 마치 바다의 그림자 같다. 농밀한 어둠이 안개에 잠긴 듯 흐릿하고, 파도의 윤곽 없는 윤곽, 형태 없는 선명함이 그림자만으로 형상을 이룬다. 머물지 않는 파도는 해일이며, 영속하는 격류다. 그것들은 모두 어둠에서 태어나 어둠으로 돌아간다. 그 사이에 아무것도 남기지 않은 채 거칠게 일다가 사라지는 파도의 영광. 대낮의 푸르름과는 한참 동떨어져 있으면서도 이곳에는 바다의 모든 영광이, 심지어 낮의 바다가 지닌 생동하는 기운으로 밝게 빛나는 삶의 영광조차 모두 함축되어 있다. 하지만 그런 영광도 끊임없이 울부짖다가 막혀버릴 뿐, 어둠만이 영원히 바다의 관능적인 윤곽을 그림자의 집적물로 남긴다. 어둠은 곧 사랑이었다. 아니, 모든 사랑에는, 그 숱하고 숭고한 사랑에조차 한 줄기 어둠이 아련히 고여 있다.

흰 불빛에 젖은 어둠도 있고, 무미건조함을 품은 어둠도 있다. 농후한 어둠도 있고, 연약한 어둠도 있다. 각각의 어둠은 복잡하게 얽혀 있고, 그 어둠들은 어떤 의지도 없이 끊임없이 서로의 자리를 바꾼다. 어떤 입장에도 매이지 않고, 생사조차 초월한 채 무심히 뒤섞이고는 또 하나의 파도가 되어 제멋대로 일렁인다. 희미한 어둠 속에서는 끝내 수평선을 볼 수 없었다. 하늘과 바다는 진정한 의미에서 하나가 되어 있었다. 모든 경계가 사라지고, 모든 의미가 상실되며, 모든 존재가 짓눌렸다. 이 세계, 어둠과 바다의 세계에서는 모든 가치가 동등했다. 낮의 바다에서 느낀 사랑스러운 생의 관능성조차 파멸이 해풍을 타고 스쳐 지나가며 뺨을 어루만졌기 때문이라고 하야미는 확신했다.

바다의 두루 퍼진 색채와 형태는 어둠에 의해 인식하는 자의 관념이나 심상으로 대체된다. 하지만 눈앞에 펼쳐진 이 어둠은 환상보다 더 환상적인 현실이며, 몇 시간 뒤면 틀림없이 햇빛에 드러날 진짜 어둠이다. 기억과 환상과 현실이 하나의 세계 속에서 미묘한 균형을 이루며 공존하고 있는, 틀림없는 이 어둠의 실존. 하야미는 예술가로서 염원하던 바를 이루고 있는 자신을, 도취나 황홀과는 거리가 먼, 저 멀리서 괴로워하며 헐떡이듯 춤추고 있는, 어떤 무시무시한 존재의 윤곽을 바라보듯 인식했다.

몸을 던진 순간, 몸을 약간 비틀고 있던 하야미는 낙하하던 중에 호조를 보았다.

그곳에는 어둠이 선명하게 붓질한 아름다운 그림자가 우두커니 서 있었다. 그러나 짙은 어둠 탓인지, 바다의 검푸른 색조가 반사된 탓인지 그의 표정까지는 끝내 보이지 않았다.

미시마 유키오를 처음 만난 건 대학 3학년 때였다. 그 유명한 『금각사』를 원서로 읽으면서 말이다. 전공이었지만 아직 많이 부족한 학부생인지라, 일한사전과 일본어 한자 읽기 사전을 뒤적이며 무척이나 힘들게 읽었다.

그리 길지 않은 단편이지만, 그토록 고생하며 끝까지 읽고 나서 한 번 더 읽어보기로 했다. 스스로 생각해도 웃겼다. 어렵다고 구시렁대면서도 왜 또 읽고 싶어진 걸까. 두 번 읽고 나서 불현듯 이 미시마 유키오란 사람이 알고 싶어

졌다. 막연히 노벨문학상 후보에 오를 정도로 주목받은 탐
미주의 문학의 거장으로만 알고 있었는데 평론가, 수필가,
극작가로 활동하며, 직접 극단을 만들어 연극을 연출하고,
게다가 영화배우로도 활약했다고 하니, 지금으로 치면 만
능 엔터테이너라고 해야 할까. 타고난 천재성이 부러울 따
름이었다.

세월이 흘러 다시 미시마 유키오를 만난 것은 죽음의 미
학을 그린 「우국憂国」이란 작품을 통해서였다. 밤에 번역하
면서 좀 섬뜩하기도 했다. 미시마의 마지막을 아는 사람이
라면 어느 정도 수긍할 수 있지 않을까 한다.

이 소설『바다를 엿보다』의 저자는 이런 미시마 유키오
가 너무 좋다는 이제 막 스무 살이 된 젊은 청년이다. 다시
세월이 흘러 또 다른 의미의 미시마 유키오를 만나게 된 것
이다. 이 책을 실제로 쓴 것이 고등학생 때라고 하니, 이 또
한 놀랍기만 하다.

이 소설의 번역을 시작하고 나서 난생처음 경험해본 일
이 있다. 지금까지 번역하면서 한 번도 작가 욕을 해본 적
이 없었는데, 이 책을 번역하면서는 작가에게 온갖 욕을

다 해보았다. 탐미주의도 좋지만 뭐 굳이 이렇게까지……. 번역 작업 도중에 손을 놓은 적도 몇 번이나 있었다. 하지만 곧 하야미가 너무도 궁금해져 다시 시작하고, 또 손을 놓고, 다시 시작하고…….

이 소설의 백미는 그렇게나 원망을 쏟아냈던 호조에 대한 하야미의 심리 묘사가 아닐까 한다. 이 어린 친구는 하야미의 호조에 대한 마음을 표현하기 위해 무던히도 애썼다고 해야 할까……. 그 애쓴 흔적을 더듬고, 그 흔적을 우리말로 바꾸면서 그렇게나 욕을 했던 것이다. 어쩌면 '순수'를 갈망하는 하야미의 심리를 나타내기 위한 작가의 어쩔 수 없는 선택이었을지 모른다. 그렇게 생각하고 나니 더 이상 작가에게 욕을 하지 않게 되었고, 나 또한 그 선택에 동화돼 갔다.

하야미에게 호조는 단 한 번도 범해진 적이 없어야 했다. 그런 호조가 범해지는 모습을 참을 수 없었던 하야미는 호조를 지키기 위해 큰 결심을 하고, 그 결심을 위해 호조에게 자신의 몸을 던진다. 이로써 호조는 하야미에게 영원한 순수함으로 남게 된다. 바로 이 내용을 표현하기 위한 길고도 긴 여정이었던 것이다.

　이런 천재적 재능을 가진 작가에게 부러움과 외경심을 품으면서 번역을 마쳤다. 작가의 천재적 재능을 우리말로 얼마나 잘 표현해냈는지 솔직히 자신은 없다. 하지만 개인적으로 의미를 둔다면, 바로 미시마 유키오를 다른 길에서 다시 만나게 된 것이다.

　미시마 유키오를 연상케 하는 탐미한 문체는 정말 고등학생이 썼는가 하는 의구심이 들 만큼 경탄을 금치 못하게 했고, 읽고 있는 나를 '바다를 들여다보고' 있는 듯한 감각에 젖게 만들었다. 이야기 전체가 바다를 방불케 하는 투명함과 바닥 모를 매혹적인 존재감을 드러내고 있으며, 미와 예술과 철학의 심오함에 촉촉이 내리는 빗줄기는 나를 끝없이 적셔만 갔다.

　오래전에 만났던 미시마 유키오와 다시 만난 감회는, 두고두고 잊지 못할 것 같다.

2026년 3월

황요찬

"저렇게 아름다운 문장을 써보고 싶었다."

Z세대가 말하는 '미美'의 이야기

신초 신인상 사상 최연소인 17세(심사 당시)로 수상하셨습니다. 수상작 『바다를 엿보다』는 눈부신 미모를 지닌 고등학교 2학년의 청년 호조 쓰카사와 그에게 매혹되는 동급생 하야미 케이치, 그리고 하야미가 소속된 미술부의 부장 야타니 하지메, 야타니의 입시 학원 동기로 '몹시 추하다'고 묘사되는 타나하시 미호 등 여러 인물들이 엮어내는 군상극입니다. 작품 곳곳에 관념적인 '미'에 대한 대화가 끼어들면서, 흔히 떠올리는 청춘 소설과는 상당히 다른 인상을 주는데, 이 소설을 쓰게 된 계기는 무엇인가요?

무엇보다 미시마 유키오를 정말 좋아합니다. 저렇게 아름다운 문장을 한번 써보고 싶었다, 그게 전부라고 할 수 있을 것 같아요. 더불어 '미美'와 '추醜'에 대해 제가 무엇을 느끼는지, 어떻게 언어화할 수 있는지 탐색해보고 싶은 마음도 있었어요. 그래서 관념적인 대화를 쓰는 게 오히려 즐거웠습니다.

처음에는 하야미와 호조, 두 사람만의 이야기로 할 생각이었어요. 아름다운 인물과 그 아름다움에 끌리는 존재라면 미술부 소속이라는 설정이 가장 자연스럽겠다고 생각했고, 우선 그 두 인물을 떠올렸습니다.

그러고 나서 남녀의 조합이면 너무 단순해질 것 같고, 성별을 넘어서는 어떤 아름다움을 표현하고 싶다는 생각도 있어서, 일부러 둘 다 남성으로 설정했습니다. 그렇게 한 건 제가 남자라서 그쪽이 더 쓰기 쉬웠기 때문이기도 하고요. 두 사람을 고등학교 2학년으로 설정한 것도, 집필 당시 제 나이와 같아야 그나마 쓸 수 있겠다고 생각했기 때문입니다. 아무래도 경험치가 부족하니까요.

그런데 하야미의 '아름다움'에 대한 사유에 공감하거나 충돌하는 인물로 야타니를 등장시키자, 처음에는 의도하지 않았지만 점점 야타니를 깊이 파고들게 되었습니다. 그러다 보니 야타니의 연인인 나나세 유이, 그리고 추한 존재로 설정한 타나하시 같은 인물들도 자연스럽게 생겨났죠. 집필 초반에는 지금보다 훨씬 짧은 이야기로, 하야미가 호조에게 환멸을 느끼는 지점에서 끝낼 생각이었습니다. 하지만 그렇게는 도저히 끝낼 수 없게 되어 결국 지금의 결말에 이르렀습니다. 개인적으로는 배드 엔딩이라고 생각하지는 않습니다만…….

마지막 장면은 매우 영화처럼 아름답고 강렬했습니다. 작품의 무대인 아마미오시마에는 실제로 수학여행을 다녀오신 건가요?

아니요, 가본 적은 없습니다. 다만 이야기의 배경으로는 막연히 남쪽 섬이 좋겠다 싶었고, 그렇다면 오키나와나 아마미오시마겠구나 싶었죠. 실제로 그곳을 다녀온 분들이 여행기를 올린 사이트나 현지 관광협회 홈페이지 등을 참고했습니다. 아마미오시마에서 야쿠시마로 가는 페리가 있다는 것, 출발 시각과 항해 시간, 선실 내부의 구조나 갑판의 모습까지 영상으로 올린 분들도 계셔서 큰 도움이 되었습니다.

원고지 250매에 달하는 이 작품을 전부 스마트폰으로 쓰셨다고 들었습니다.

네, 플릭 입력으로요. 문자 메시지를 쓸 때와 같은 느낌으로 썼습니다. 아마미오시마에 관한 조사도 전부 스마트폰으로 했고요. 옆에서 보면 그저 소파에 앉아 스마트폰만 만지작거리는 것처럼 보였을지도 모르겠습니다.(웃음)

작년 가을, 그러니까 9월이나 10월쯤 쓰기 시작해서 해를 넘긴 1월 중순쯤에는 얼추 완성했고, 이후 천천히 퇴고를 거쳐 2월 초에 마무리했습니다. 수정도 전부 스마트폰으로 했습니다. 전체 줄거리는 처음부터 끝까지, 어느 부분에 무엇이 있는지 대체로 머릿속에 들어와 있는 상태였어요.

집필하면서 가장 어려웠던 점은 무엇이었나요?

어쨌든 경험이 부족하다 보니, 이것저것 조사해야 할 것이 많았습니다. 관념적인 부분이 아닌, 학교에서의 일상적인 장면이나 평범한 대화는 특히 힘들었습니다. 하지만 가장 어려웠던 것은, 저 스스로도 미시마 유키오의 영향이 지나치게 드러난다는 걸 알고 있었기에 그에게 너무 기대지 않도록 의식하며 써야 했던 게 아닐까 싶습니다. 그렇다고 해도 좋아하는 작가이다 보니 아무래도 자연스럽게 배어 나올 수밖에 없었지만요.

또 하나는 저와 다른 성별인 여성 인물을 그리는 일이었습니다. 참고로 성별을 막론하고 등장인물 가운데 실제 모델은 아무도 없습니다. 야타니 역시 완전히 제 상상 속 친구입니다. 제 주변에는 없는 타입이고, 실제로 있다면 꽤 싫어할 것 같아요.(웃음)

제 자신과 가장 가까운 인물은 역시 하야미라고 생각합니다. 자기비하적인 면 같은 부분에서요.

다른 인물들은 외모가 비교적 구체적으로 묘사되는데, 하야미에 대해서만은 외모 묘사가 없다는 점이 눈에 띕니다.

말씀을 듣고 보니 그렇네요. 의도적으로 생략한 것은 아니고, 굳이 필요하지 않았던 것 같습니다. 추하든 아름답든, 어느 쪽이든 별다른 차이가 없다고 할까……. 다만 그의 내면적 사유만이 계속해서 엮여 나가는 것이 중요했는지도 모르겠습니다.

지금까지의 독서 이력도 궁금합니다. 먼저 미시마 유키오와의 만남은 언제였고, 가장 좋아하는 작품은 무엇인가요?

미시마 유키오의 작품을 처음 접한 것은 고등학교 1학년 여름이었습니다. 서점에서 집어 든 것이 단편집 『한여름의 죽음』이었죠. 문장이 정말 좋다, 너무나도 아름답다고 느꼈습니다. 통학 전철 안에서 읽곤 했어요. 솔직히 말하면 중간에 잠들어버린 작품도 있긴 했지만, 단편집이라 여러 작품을 읽어볼 수 있어서 좋았습니다.

그때부터 푹 빠져 여러 작품을 읽었는데, 가장 좋아하는 미시마 유키오의 작품이라니…… 어렵네요. 단행본으로는 『교코의 집』을 꼽고 싶어요. 그 세계라 할까, 분위기 자체가 좋습니다. 그리고 단행본이 아니라면 역시 『풍요의 바다』 사부작 가운데 『새벽의 사원』이죠. 미모의 인물로 설정한 호조 쓰카사의 '호조北条'는 『풍요의 바다』에 등장하는 '호조ほうじょう'에서 따왔고, '쓰카사司'는 제가 쓴 소설의 제목인 '海を覷く'의 '覷' 자에서 부수 '見'을 뺀 것입니다. 같은 이름의 만화가가 계신다는 것은 부끄럽게도 전혀 알지 못했습니다.

나카지마 아쓰시中島敦 작가도 좋아합니다. 교과서에는

단편소설 「산월기山月記」가 실려 있지만, 제가 가장 좋아하는 작품은 「이릉李陵」입니다. 수업 시간에 전자사전에 들어 있던 것을 몰래 읽었죠. 저작권이 만료된 작품은 전자사전으로도 읽을 수 있으니까요. 가지이 모토지로梶井基次郎의 「레몬」을 읽고 단편소설을 써본 적도 있습니다.

라이트 노벨은 거의 읽지 않습니다. 만화는 읽어요. 아버지가 『주간 소년 점프』를 사 오시기 때문에 점프 계열 만화는 연재로 읽고 있습니다. 『주술회전』, 『귀멸의 칼날』, 그리고 말을 의인화한 육성·레이스 게임 '우마무스메ウマ娘'의 코믹판도 재미있더군요.

또래 친구들과 소설 이야기를 나누기도 하나요?

아니요. 실제로는 독서를 좋아하는 친구가 있을지도 모르지만, 소설 이야기를 한 적은 없어요. 만화나 애니메이션, 게임 이야기는 합니다만……. 제가 소설을 읽고 있다거나 쓰고 있다는 말은 한 번도 한 적이 없습니다.

다만 아버지가 책을 좋아하셔서서 가끔 책을 빌려주시곤 합니다. 아버지는 다자이 오사무를 좋아하시는데, 제가 중학생 때 『인간 실격』을 건네주신 적이 있습니다. 중학생도 잘 알 수 있다기보다 중학생이라 오히려 공감할 수 있는 부분도 많아서 어렵지 않게 읽었지만, 그래도 저는 역시 미시마 유키오 쪽입니다.

영상 작품은 넷플릭스와 아마존 프라임을 이용합니다. 스스로 영향을 받았다고 느끼는 작품은 넷플릭스의 영국 옴니버스 드라마 〈블랙 미러〉입니다. 기술이 발달한 가까운 미래를 배경으로, 예기치 못한 아이러니한 결말이 인상적인 작품이죠. 현재 시즌 6까지 나와 있습니다. 이것도 아버지가 같이 보자고 하셔서 가족과 함께 시청했습니다.

디스토피아적이라고 할까, 영국 특유의 블랙 유머가 강한 드라마죠. 그런 드라마를 가족과 함께 보는 경우는 흔치 않은 듯한데, 정말 가족 사이가 좋은가 봅니다. 신인상 응모 사실은 미리 알리셨나요?

가족 사이가 나쁘지는 않다고 생각합니다. 하지만 신인상에 응모했다는 사실은 부모님이나 친구 누구에게도 말하지 않았습니다. 수상한 뒤에야 부모님께 알렸고, 무척 기뻐하시더군요.

사춘기의 반항도 제 기억에는 없었던 것 같습니다.(웃음). 원래 화를 잘 내지 못하는 성격이라고 할까요. 화를 내

다 보면 '내가 왜 이렇게까지 화를 내고 있지?' 하고 스스
로가 부끄러워져서 그만두게 됩니다.

'작가'가 되겠다는 강한 의지가 있었다기보다 먼저 쓰
고 싶은 문장이 있었고 쓰고 싶은 이야기가 있었기 때문에
썼다는 쪽에 더 가깝습니다. 그리고 그 느낌은 앞으로도
계속 제 안에 남아 있을 것 같습니다.

옮긴이   황요찬

경희대학교와 대학원에서 일본 문학을 전공했다. 지금도 일본어를 좋아하고, 남에게 가르치는
걸 좋아하고, 번역하는 것도 좋아한다. 종로3가 YBM 시사영어사에서 일본어를 강의한다. 옮
긴 책으로는 모리 오가이의 「사카이 사건」, 미시마 유키오의 「우국」, 다자이 오사무의 「추억」,
다니자키 준이치로의 「어머니를 그리며」 등이 있으며, 다수의 일본어 교재를 집필했다.

바다를 엿보다

초판 1쇄 발행 2026년 3월 31일

지은이   이라 세쓰나
옮긴이   황요찬
펴낸이   김철식
펴낸곳   모요사
출판등록   2009년 3월 11일
             (제410-2008-000077호)
주소   10209 경기도 고양시 일산서구
             가좌3로 45, 203동 1801호
전화   031 915 6777
팩스   031 5171 3011
이메일   mojosa7@gmail.com

ISBN   979-11-995089-3-4 03830